NAKAMURA Fuminori

Revolver

Roman traduit du japonais
par Myriam Dartois-Ako

Éditions
Philippe Picquier

Titre original : *Jû*

© 2012, Fuminori Nakamura
Tous droits réservés
Edition originale publieé au Japon
par Kawade Shobo Shinsha Ltd. publishers
Edition française publiée avec l'autorisation
de Kawade Shobo Shinsha Ltd. publishers,
par l'intermédiaire du Bureau des copyright français, Tokyo

© 2015, Editions Philippe Picquier
pour la traduction en langue française
Mas de Vert
B.P. 20150
13631 Arles cedex
www.editions-picquier.fr

Conception graphique : Picquier & Protière

Couverture : © Izutsu Hiroyuki

Mise en page : Christiane Canezza - Marseille

ISBN : 978-2-8097-1074-8

Je connais tes œuvres.
Je sais que tu n'es ni froid ni bouillant.
Si seulement tu étais froid ou bouillant ! Ainsi,
parce que tu es tiède et que tu n'es ni froid ni
bouillant, je vais te vomir de ma bouche.

Apocalypse de Jean, 3:15-16

1

Hier, j'ai trouvé un revolver. Ou peut-être l'ai-je volé, je ne sais pas trop. Je ne connais rien d'aussi beau, rien qui se cale aussi bien dans la main. Je n'avais jamais eu d'attirance pour les armes à feu, mais à ce moment-là, la seule pensée qui m'habitait, c'est qu'il me fallait ce revolver.

Hier, il pleuvait. Il a plu sans discontinuer, des trombes d'eau, j'avais pris mon parapluie mais j'étais trempé. C'est vers vingt-trois heures que j'étais dehors. La pluie tombait continûment, comme une incarnation de mon vague à l'âme, le bas de mon pantalon dégoulinait, j'avais froid et je voulais échapper à tout ça le plus vite possible, mais, sans véritable raison, je ne me décidais pas à rentrer. Je ne peux pas expliquer pourquoi j'ai marché sans fin à ce moment-là. Je crois que je voulais simplement marcher, ou peut-être que je n'avais pas très envie de rentrer chez moi. Il m'arrive souvent d'agir pour un motif obscur. Laissant mes pas me guider, j'ai quitté la rue commerçante plongée dans l'obscurité pour prendre une ruelle le long d'un square. Un break blanc était garé là et, dessous, il y avait un petit chat, je m'en souviens très bien. Depuis son refuge, il ne me quittait pas des yeux. Souvent, quand quelque chose va m'arriver, il y a un chat qui m'observe. Sur le coup, je n'y ai pas vraiment fait attention, mais avec le recul, c'était peut-être bien un signe.

J'ai franchi un passage à niveau et je me suis enfoncé dans un lacis de ruelles. La pluie s'écoulait en une cataracte ininterrompue du bord du toit d'un immeuble décrépit et martelait obstinément, dans un bruit assourdissant, des morceaux de panneaux préfabriqués qui traînaient par terre. Avec ce raffut dans les oreilles, j'ai pensé qu'au lieu de rester à me faire mouiller, je ferais mieux de me dépêcher de rentrer. Je me suis imaginé retourner vite chez moi, prendre une douche et enfiler des vêtements secs. Pourtant, j'ai continué à marcher sans but, je ne me suis pas arrêté. J'ai beau y repenser, je ne m'explique pas pourquoi j'ai fait ça. Je crois que ce n'était pas la première fois. De temps en temps, je me retrouve à faire l'inverse de ce que je voulais faire, comment dire, j'ai parfois ce genre de comportement. Mouillé et déprimé, j'ai continué à marcher.

Maintenant, je me réjouis de mon choix. Je ne m'appesantis presque jamais sur mes actes passés. Le bien, le mal, ce qui en découle, je n'ai pas tellement l'habitude d'y réfléchir. Mais la façon dont je me suis conduit ce jour-là m'inspire une joie proche de la gratitude. Si j'étais bêtement rentré chez moi, je n'aurais pas aujourd'hui une arme entre les mains. Inversement, quand je pense que je pourrais ne pas l'avoir, une crainte diffuse s'empare de moi. Puisque avant ça je n'en possédais pas, peut-être ai-je tort de penser ainsi.

J'ai acheté une canette de café au distributeur automatique. Je n'avais pas soif, mais comme je bois souvent du café quand je marche, je l'ai achetée presque machinalement. J'ai décapsulé la canette et j'ai bu en avançant avec précaution pour éviter les flaques qui s'étaient formées sur l'asphalte. Le ciel s'était voilé d'une épaisse chape de nuages gris qui cachait la lune et les étoiles. L'air était frais, la pluie avait balayé la chaleur de la journée.

Je marchais au hasard. Vraiment à l'aveuglette, d'un pas hésitant. Je n'avais aucun endroit où aller. J'ai bu mon café en écoutant la pluie tomber, et quand il a été fini, j'ai allumé une cigarette. Laissant derrière moi le labyrinthe des rues encadrées de maisons des deux côtés, j'ai débouché sur une grande artère. Les voitures passaient sans ralentir, elles me frôlaient en soulevant des gerbes d'eau. Evidemment, je me suis fait éclabousser plusieurs fois. J'avais envie de quitter cette route, mais pas moyen. Dans la lumière des phares du flot ininterrompu de voitures, les gouttes de pluie tombaient, chacune pareille à un éclat de lumière dorée. Je trouvais ça joli, mais le froid qui s'insinuait dans tout mon corps et la désagréable sensation de mouillé devenaient insupportables.

La route s'est transformée en un pont enjambant le fleuve et, à l'entrée du pont, j'ai descendu la douce pente herbeuse bien entretenue qui menait vers l'eau. Je cherchais surtout à fuir la pluie. J'avais l'intention de m'abriter sous cet immense pont, où je réfléchirais à ce que j'allais faire en fumant une cigarette. La pelouse laissait place au béton à proximité de la rivière contenue entre deux berges de ciment. A cause de la pluie, le niveau avait monté, l'eau déferlait avec fracas. J'ai pénétré sous le pont et j'ai fermé mon parapluie. Sous le tablier, le grondement des eaux qui résonnait m'a semblé encore plus assourdissant. C'était vraiment désagréable. J'ai pensé que si j'étais rentré chez moi directement, je n'aurais pas à subir un tel vacarme. C'était assommant, d'accord, mais je ne pouvais m'en prendre qu'à moi-même. J'ai allumé une cigarette et j'ai cherché un endroit où m'asseoir.

A cet instant, près de la lisière entre le béton et l'herbe, j'ai cru voir une masse sombre, de forme humaine. Cela aurait pu être quelque chose qu'on avait jeté là, mais l'ombre faisait trop penser à un homme. Brusquement, l'idée que je voulais quitter ce lieu a surgi en moi. Ce sentiment complexe, mélange d'étrangeté et d'inquiétude, a évolué en un clin d'œil vers la peur. J'avais envie de m'enfuir, mais cette velléité ne l'a pas emporté sur la curiosité. Les sens aux aguets, je me suis approché prudemment. Après avoir avancé de deux ou trois pas, j'ai constaté qu'il s'agissait d'un homme gisant à terre. A cet instant, une vive douleur m'a transpercé la poitrine. Vêtu d'un costume noir, l'homme était étendu à plat ventre, le bras gauche mollement étiré au-dessus de sa tête. J'ai senti mon cœur s'emballer bruyamment. Pour humidifier ma gorge qui s'asséchait, j'ai dégluti plusieurs fois de suite.

Je me suis approché tout près de lui. Il avait des cheveux courts poivre et sel, et d'après sa physionomie, je lui donnais la cinquantaine. Comme son visage était tourné sur le côté, je le voyais clairement. Je m'attendais à ce que ses traits soient effrayants, mais en fait, il s'en dégageait comme une impression de tranquillité. L'homme fixait quelque chose d'un air renfrogné, le visage figé. Ses yeux étaient mi-clos, sa bouche presque entièrement fermée, aucune sécrétion ne s'en échappait. Un liquide sombre formait une flaque sur le ciment à l'endroit où reposait sa tête et j'ai pensé que cela devait être du sang. Sans raison précise, j'ai longuement contemplé la pointe des brins d'herbe qui dépassaient entre les doigts de sa main gauche. Sa veste, relevée sur les hanches, laissait apercevoir une chemise blanche. Ce blanc aussi, je l'ai longuement fixé sans raison. Une vigueur émanait du corps de l'homme, il avait une réelle présence, on aurait dit que le ciment et le gazon n'existaient que pour le mettre en valeur. Mais c'est parce qu'il est mort, ai-je confusément pensé. Je suis resté planté là un moment et, au fil des minutes, les battements de mon cœur se sont apaisés, j'ai enfin réussi à retrouver mon calme. Cela m'a un peu déconcerté. Comme si j'avais déjà commencé à m'habituer à cette scène, à cette situation.

J'ai aperçu, à une courte distance du bras droit, une masse sombre et saillante. Je me suis dit que je l'avais remarquée parce que j'avais commencé à m'habituer au mort. Mon cœur s'est remis à cogner à grands coups bruyants. En cet instant, il battait plus violemment que lorsque j'avais découvert le corps. Je me suis accroupi et j'ai mieux vu la masse sombre. Je l'ai saisie et approchée de mon visage. Mon bras privé de forces n'arrivait pas à garder la position. J'ai senti une joie intense envahir tout mon être. En même temps, je me suis demandé pourquoi cette simple vue suffisait à m'exalter ainsi, à me remplir d'allégresse, et j'ai trouvé cela dérangeant. J'avais l'impression de me déchirer en deux, c'était ce que je ressentais. Cette joie semblait continuer à progresser indépendamment de ma volonté et cela m'inquiétait, comme si je risquais de perdre le contrôle de moi-même. Pourtant, j'étais incapable de l'endiguer, de retrouver mon calme. L'exaltation a fini par me submerger et, un instant, je m'y suis abandonné. Mon cœur palpitait si fort que j'avais mal, un coin de mon esprit voyait mon champ de vision se rétrécir et devenir flou. Puis, une phrase a surgi dans mon esprit : cette arme, elle est à moi maintenant. A peine formulée, cette pensée s'est mise à tourner dans ma tête. C'était un refrain si doux, si agréable que c'en était déroutant, jamais je n'avais éprouvé une telle sensation de plénitude. Comme si je me ralliais enfin à cette joie, j'ai sciemment répété cette phrase en moi-même. J'ai même senti d'imperceptibles larmes me mouiller les yeux. C'était comme si je m'autorisais cette pensée, je ne sais pas, c'était ce que je ressentais. Peut-être n'étais-je pas dans mon état normal, je n'en sais rien. Mais je suis maintenant capable d'un jugement lucide, et si à ce moment-là j'ai sombré dans la folie, ça n'a pas duré longtemps.

Après m'être abandonné un moment à mon bonheur, j'ai pensé que tout près de moi, il y avait un mort. Mais je n'ai rien ressenti. Ce n'était pas quelqu'un que je connaissais. J'ai enfoncé l'arme dans la poche arrière de mon jean, recouverte par ma chemise. Je crois qu'à cet instant, je souriais. J'étais tellement content que j'ai eu envie de jouer au plus fin, j'ai envisagé par exemple de téléphoner

à la police pour signaler la découverte d'un corps.
Mais en fin de compte, ça m'a gonflé. Et puis, j'ai
pensé que je ferais mieux de m'impliquer le
moins possible dans cette affaire. Car la possibilité existait qu'on me soupçonne de l'avoir tué, et
surtout, je m'apprêtais à m'approprier une arme,
j'étais déjà coupable aux yeux de la loi. Comme
un criminel, j'ai scruté les environs pour m'assurer que personne ne m'avait vu. Puis j'ai
soigneusement vérifié que je ne laissais pas de
traces, que je n'avais rien laissé tomber qui m'ap-
partienne, et j'ai quitté les lieux. Je me suis
composé un visage serein et je me suis mis en
marche sans me presser, d'un pas lent. J'ai été
particulièrement vigilant au moment de débou-
cher sur la route depuis la pente herbeuse. Afin
que personne ne me voie, j'ai attendu patiem-
ment une trouée dans le flot des voitures, dissi-
mulé dans l'ombre de la pile du pont. Je tendais
l'oreille, attentif au moindre bruit, mais le
vacarme de la circulation et le tumulte du fleuve
interféraient sans cesse. J'ai choisi mon moment
pour quitter ma cachette en gardant un visage
serein. Je marchais lentement et, comme si je
sentais le regard de quelqu'un sur moi, je prenais
par moments l'air de celui qui pense à quelque
chose. Puis j'ai réalisé que mon parapluie était
resté fermé et je me suis dépêché de l'ouvrir.
J'exultais, mon allégresse ne retombait pas. Les
voitures m'éclaboussaient mais je n'y faisais plus

attention. Je me focalisais sur la sensation de l'arme dans ma poche arrière. Incapable de résister plus longtemps, je me suis tapi dans l'ombre d'un bâtiment et je l'ai sortie. Ainsi soulignée par la lumière des réverbères, elle était d'une beauté infinie. Mais du sang rouge la maculait, en particulier l'extrémité, par où sortent les balles, en était couverte. Cela m'a sidéré, je me suis demandé pourquoi je ne m'en étais pas aperçu lorsque je l'avais trouvée. Je me suis souvenu du paquet de mouchoirs en papier glissé dans une de mes poches et je les ai tous utilisés, en les mouillant avec de l'eau de pluie, pour essuyer l'arme. J'ai fourré dans la poche droite de mon jean les mouchoirs tachés de sang. Il n'y avait nulle part où les jeter, je n'avais pas le choix. Mais quand j'ai eu fini d'essuyer l'arme, j'ai réalisé que rien ne m'obligeait à le faire ici. J'ai regardé autour de moi pour vérifier que personne ne m'avait vu. Il n'y avait aucun bruit à part le tambourinement de la pluie sur le sol et les bâtiments, un calme presque angoissant régnait sur le voisinage. J'ai poussé un soupir de soulagement et j'ai contemplé l'arme pour m'assurer de nouveau de sa beauté. Puis, comme pour cacher cette beauté, je l'ai vite remise dans la poche arrière de mon jean, pas la même qu'avant. Comme si je m'imaginais qu'en la laissant longtemps à l'air libre, son éclat risquait de disparaître. Dominant le trop-plein d'émotions qui me submergeait, je me suis remis en route sans me presser. D'un pas régulier, j'ai mis le cap sur mon appartement.

J'ai ouvert la porte d'entrée, j'ai pénétré lentement à l'intérieur et j'ai fermé au verrou. Debout au milieu de la pièce en parquet qui ne faisait pas plus de six tatamis, j'ai sorti le revolver que j'avais trouvé. Lorsque je l'ai regardé, j'ai senti l'exultation me gagner de nouveau. Il était un peu plus gros que la paume de ma main, d'une couleur envoûtante, gris argenté tirant sur le noir. Le canon était court, strié au-dessus comme les branchies d'un poisson. Au milieu du corps se trouvait un mécanisme cylindrique où étaient sans doute logées les balles et qui devait tourner afin de les mettre en position. Juste au-dessous étaient incrustées des vis à tête fendue qui lui donnaient un aspect artisanal, fabriqué de main d'homme. La poignée était marron foncé, avec au centre une plaque métallique ronde, dorée et ornementée, et dessous un réseau de fins losanges gravés, avec encore une vis à tête fendue. Le dessin sur le rond de métal doré était celui d'un cheval dressé sur ses jambes arrière, avec une sorte de lance entre les mâchoires et une autre entre les jambes de devant. Au-dessus était gravé le mot COLT, le T légèrement terni d'une tache de rouille noire. Le même symbole figurait sur la partie argentée, mais j'ignorais sa signification. Il y avait aussi des lettres gravées sur la face gauche du canon :

LAWMAN MK III 357 MAGNUM CTG. C'était sans doute le nom de ce revolver, mais moi, ça m'évoquait plutôt un code secret. MK III, MAGNUM : c'était parfait, indicible. Il était agréable au toucher, et d'une forme qui se calait extraordinairement bien dans ma main. Quand je l'ai saisi comme pour faire feu, mes cinq doigts ont instinctivement trouvé leur place et nous ont reliés avec naturel, le revolver et moi. Le pouce et l'index, fonctionnels, se sont positionnés l'un sur le chien et l'autre sur la détente, tandis que les autres soutenaient l'arme dans une configuration qui optimisait au maximum l'utilisation de chacun des doigts. Au contact de l'arme, des frissons nerveux parcouraient ma peau, une sensation dont je ne me lassais pas. Le corps argenté luisait d'un éclat profond. J'ai gardé le revolver à la main pendant un temps, fasciné. J'aurais voulu rester éternellement ainsi, mais je me suis dit que puisqu'il m'appartenait, je pourrais le regarder quand je voudrais. J'ai cherché avec soin d'éventuels résidus de sang, les essuyant dès que j'en trouvais, et j'ai frotté l'arme avec une serviette à plusieurs reprises. Ensuite, j'ai balayé du regard la pièce, à la recherche d'un endroit où la ranger.

Dans un coin de la pièce, j'ai avisé une sacoche en cuir marron et je l'ai attrapée. Cette sacoche rectangulaire, c'était une fille avec qui j'étais sorti pendant un mois qui me l'avait offerte, il y a longtemps. J'y rangeais entre autres ma carte d'assuré

social, mon sceau pour signer et le contrat de loca-
tion de l'appartement. Je l'ai entièrement vidée de
son contenu et j'ai délicatement déposé l'arme à
l'intérieur. Il me semblait qu'il manquait quelque
chose, alors, après avoir bien réfléchi, j'ai étalé au
fond plusieurs mouchoirs en papier blanc. Avec
l'arme posée dessus, l'effet était parfait. Je l'ai
contemplée un moment, puis je me suis forcé à
refermer le rabat et j'ai enclenché la serrure.

Les événements de la veille m'apparaissent
comme un rêve grisant. Ils occupent une place à
part dans ma mémoire, tant ils sont à la fois puis-
sants et irréels. Dans mon esprit, la réalité va
toujours de pair avec l'ennui. A mon réveil, les
événements de la veille me sont revenus au bout
de quelques secondes et la même exaltation s'est
emparée de moi. Mais la crainte aussi m'a envahi,
et j'ai vite ouvert la sacoche en cuir. L'arme était
là, elle était bien là. J'avais eu beau en douter, elle
affirmait sa présence, sa réalité. De nouveau, je l'ai
contemplée. Elle était d'une beauté stupéfiante,
qui ne me décevrait pas, et elle avait une présence
imposante. Elle allait sûrement m'emmener vers
un ailleurs, c'est-à-dire ouvrir un monde enclos en
moi, elle me semblait déborder de possibles.

2 Trois jours ont passé depuis que je possède l'arme. Mon quotidien n'a pas changé de façon visible. Du moins en surface, devrais-je plutôt dire pour être précis. Autour de moi tout suinte l'ennui mais je suis continuellement de bonne humeur. Bref, c'est en moi que le changement s'est produit.

Je me suis réveillé comme tous les matins, et j'ai aussitôt ouvert la sacoche pour jeter un coup d'œil sur l'arme. Ensuite, je me suis vite préparé, j'ai enfilé des chaussures et je suis sorti. Avant, j'oubliais souvent de fermer la porte à clé, mais en trois jours, ça ne m'est pas arrivé une seule fois. Ça n'a rien d'étonnant vu que je laisse le revolver chez moi.

J'ai levé les yeux vers le ciel d'un bleu uniforme et j'ai pensé que la pluie avait enfin cessé. Il avait plu sans relâche durant trois jours, comme sous l'effet d'un sortilège. Parce que j'étais de bonne humeur, je me suis fait exprès la réflexion qu'il avait enfin arrêté de pleuvoir. Parce que j'étais en forme, j'ai aussi regardé dans ma boîte à lettres. J'avais envie de m'essayer aux comportements habituels des gens normaux.

J'ai pris le métro pour aller à la fac. A l'université, il y avait du monde, les couleurs des vêtements se mêlaient en une cacophonie qui m'a un peu irrité les yeux. Plusieurs personnes que je connaissais m'ont adressé la parole, j'ai répondu à chacune avec le sourire. Je suis entré dans un grand bâtiment d'un blanc sale et j'ai pris les escaliers. Un type en passant m'a donné un coup d'épaule et j'ai failli perdre l'équilibre. Il a marmonné une excuse et continué son chemin en courant. Il devait être pressé, il fonçait vraiment. L'idée m'a traversé l'esprit de lui courir après et de lui mettre une raclée. Si je le faisais, il serait certainement sidéré, et tous ceux qui nous verraient aussi. J'ai imaginé la scène, c'était tentant. Et puis je me suis dit que si une telle idée m'était venue, c'était le signe que j'avais la pêche.

Quelqu'un m'a tapé sur l'épaule par-derrière ; je me suis retourné, c'était Keisuke. Il souriait, comme toujours, et il m'a demandé pourquoi je restais planté là. J'étais un peu surpris, mais je lui ai souri, sans répondre à sa question. Il m'a regardé et m'a demandé si j'avais une bonne nouvelle à fêter.

— Tu sais, l'autre jour, a-t-il repris. En fin de compte, j'ai juste raccompagné la fille chez elle et je suis rentré comme un con. Honnêtement, je me suis pas reconnu. Elle m'a raconté sa vie dans la bagnole, et puis elle s'est mise à chialer, j'avais plus envie de la draguer, tu vois. Sérieux, j'ai été sage comme une image. A la fin, je lui ai même remonté le moral.

— C'est pas vrai ? Ben dis donc, t'étais vraiment pas dans ton état normal. D'habitude, t'es une vraie bête sauvage.

— Une bête sauvage, mouais, t'as pas tort. M'enfin, t'es quand même mal placé pour me dire ça, Nishikawa.

Il a ri en continuant d'avancer à mes côtés. C'est alors que je me suis rappelé qu'il suivait comme moi le cours qui allait débuter. Il parlait avec volubilité des filles, des devoirs, des CD qu'il avait achetés dernièrement.

Quand le cours a commencé, une fois l'appel terminé, Keisuke a bâillé longuement et il s'est assoupi à côté de moi. Quelqu'un m'a poussé la tête par-derrière, je me suis retourné, c'était une fille. Elle m'a dit, ça fait longtemps, mais je ne la connaissais pas.

Le professeur à lunettes s'est mis à parler d'une voix basse et monocorde de la globalisation et du rôle majeur de la culture américaine dans ce processus. L'Amérique est un pays qui se développe en assimilant des peuples variés et leur culture, a-t-il expliqué lentement en distribuant des papiers aux élèves. Mais même l'hospitalière Amérique est confrontée en parallèle à d'innombrables problèmes comme l'ethnocentrisme et les ghettos, a-t-il ajouté.

— L'hégémonie de la culture américaine – le prof a éternué bruyamment au beau milieu de sa phrase – est néanmoins directement liée à la diversité de sa population. L'américanisation du Japon ne date pas d'aujourd'hui, mais je ne veux pas croire qu'elle soit un révélateur de la pauvreté de la culture japonaise. Cependant, la fascination pour la culture américaine, depuis la défaite jusqu'à nos jours...

Tout en l'écoutant d'une oreille, je répondais à la fille de tout à l'heure qui me parlait dans mon dos. Elle trouvait le cours assommant, elle me proposait d'aller à la cafétéria, mais j'ai refusé parce que ça ne me disait rien. A un moment, je me suis aperçu qu'elle n'était plus là, mais j'ignore quand elle est partie.

J'ai arrêté de prendre des notes et j'ai pensé à l'arme restée chez moi. Je me demandais pourquoi, ce jour-là, j'avais éprouvé un attrait sans limites pour elle, et pourquoi maintenant encore son existence m'électrisait. Ma vie était terne. Que, dans cette banalité, l'arme constitue un stimulant me semblait évident. J'appréciais aussi sa sobriété. Elle incarnait, avec une économie de formes qui frisait presque la cruauté, l'acte de faire feu. Elle était faite pour blesser, conçue pour ôter la vie, fabriquée de sorte à faciliter ce geste, aisée à tenir, dépouillée de tout superflu. Elle m'apparaissait comme le symbole même de la mort, Thanatos en personne. Mais pourquoi ce symbole me séduisait-il ? La réponse n'était pas aisée à trouver. Je n'avais jamais été tenaillé par le désir de tuer quelqu'un. Et je n'avais jamais sérieusement songé à me suicider. Donc, jusqu'à présent, mon existence s'était a priori déroulée sans rapport avec les armes. Il m'est venu à l'esprit que j'étais peut-être comme un enfant heureux de posséder un jouet rare, c'était mon explication préférée. Il n'y avait pas à chercher plus loin. Quoi qu'il en soit, je possédais un revolver, et cette joie illuminait mes journées. Cette vérité est importante, ai-je pensé. Quant à utiliser l'arme... J'en avais la possibilité, et c'était ça l'essentiel. Je pouvais m'en servir pour menacer ou protéger quelqu'un. Je pouvais assassiner ou me tuer moi-même. Ces possibilités qui m'étaient offertes, cette stimulation en elle-même, voilà ce qui importait. Le ferais-je ou non ? Le voulais-je ou non ? Là n'était pas la question.

Vers la fin du cours, Keisuke s'est réveillé et il s'est mis à me parler. Je ne l'écoutais pas vraiment, je me contentais de réponses vagues. Il a continué à marcher à mes côtés quand j'ai quitté la salle. Il m'a proposé d'aller à la cafétéria et j'ai réalisé que j'avais faim. J'ai décidé de l'accompagner.

— Ce soir, on organise une soirée, tu viens ? Je sais pas trop combien on sera, mais il paraît qu'il y aura des filles pas mal. Sans toi, il y a moins d'ambiance, et puis, quand t'es pas là, on peut pas faire équipe, hein ? a-t-il lancé d'un ton enjoué.

J'ai pensé au revolver et j'ai refusé. Mais Keisuke n'a pas lâché prise.

— Attends, ça fait une éternité que j'ai pas baisé. Sérieux, ça fait un mois. Je t'assure. J'vais devenir dingue si ça continue. Allez, viens, tu me files un coup de main et je te laisse la plus mignonne. Ça te va comme ça ?

— T'as pas besoin de moi, que je sache.

— Mais si, parce que j'ai tout prévu. Toi, tu te débrouilles toujours bien, pas vrai ? Rien que l'autre jour, t'as bien réussi à emballer deux filles. Alors ce soir aussi on fait pareil, ok ?

Il insistait lourdement, j'ai dû céder. L'image du revolver m'a effleuré l'esprit, j'étais déçu. En fait, aujourd'hui, j'avais l'intention d'aller acheter du tissu blanc à disposer dessous. Mais j'ai pensé que repousser le plaisir n'était pas une mauvaise idée non plus.

J'ai traîné un peu avec Keisuke en attendant l'heure, puis nous sommes allés à l'*izakaya*. A l'intérieur, drôle d'idée, la climatisation fonctionnait, ce froid artificiel me donnait des frissons. J'ai entendu une voix s'écrier, alors, on vous attendait ! et j'ai vu le visage de Nakanishi. Keisuke et moi, on avait décidé d'arriver exprès en retard. Comme ça, on se faisait davantage remarquer, et puis ce n'était pas plus mal de montrer un certain détachement. Autour d'une grande table étaient assis quatre filles, Nakanishi et un gars que je connaissais de vue. J'avais fait sa connaissance très récemment et on m'avait dit son nom mais il ne me revenait pas. On a inventé un prétexte à notre retard et tout le monde a ri, sans doute parce que Keisuke avait la tchatche. Deux des filles étaient moches, et deux moyennes. Keisuke et moi, bien entendu, on a beaucoup parlé avec les deux qui étaient potables. On a quitté l'*izakaya* pour aller au karaoké. Les moches étaient surexcitées, je ne sais pas pourquoi, peut-être avaient-elles trop bu, elles n'arrêtaient pas de me frôler. Mon regard rencontrait parfois celui de Nakanishi et à chaque fois, j'avais envie de rire. L'un des laiderons chantait bien, elle le savait sans doute car elle a beaucoup chanté. Elle postillonnait abondamment et plusieurs fois des gouttelettes sont tombées sur moi qui étais tout près.

Je suis allé aux toilettes et Keisuke m'a rejoint avec un temps de retard. Il m'a dit que ce soir il tirerait un coup, quoi qu'il arrive. Elles sont pas spécialement mignonnes, mais aujourd'hui je m'en fous, a-t-il ajouté, et j'ai décidé d'en rire. En face de nous est arrivée l'une des deux filles pas mal, elle se dirigeait vers les toilettes, alors je lui ai adressé la parole. Ça n'a pas l'air d'aller, ai-je lancé, et elle m'a répondu qu'elle avait des soucis avec son copain, en fait, elle n'avait pas l'intention de venir ce soir. Je lui ai dit que moi non plus, en réalité, j'avais pas trop envie de faire la fête, j'aurais préféré une soirée calme, et je lui ai proposé d'aller prendre un verre quelque part. Keisuke a ajouté que si ça la tentait pas, il fallait pas qu'elle se force, et il m'a lancé un regard, je ne sais pas pourquoi. La nana a prévenu l'autre fille potable par mail et nous avons quitté le karaoké tous les quatre. Keisuke a envoyé un mail à Nakanishi en étouffant un rire. Lorsque je lui ai demandé ce qu'il avait écrit, il m'a répondu qu'il lui avait demandé de s'occuper des autres, et il a ricané une nouvelle fois. J'ai ri aussi tout en pensant que les filles avaient souvent des problèmes. Il me semblait qu'elles étaient nombreuses à bien aimer parler de leurs problèmes. J'ai contemplé les deux filles, je sentais que je manquais d'entrain. Mais je me suis concentré sur celle qui avait de gros seins et j'ai réfléchi à ce que j'allais faire. Normalement, dans ces cas-là, je joue les types corrects et je rentre chez moi, mais depuis quelques jours, à cause de l'arme, j'avais la pêche. J'ai décidé qu'aujourd'hui moi aussi j'allais tirer un coup, comme Keisuke.

Keisuke et moi avons choisi un bar calme et nous avons écouté les filles. Nous leur avons fait boire des alcools forts et avons approuvé leurs propos d'un air plein de sollicitude. Au cours de la conversation, elles ont dit qu'elles se sentaient coupables d'avoir filé en douce du karaoké, mais nous leur avons répondu de ne pas s'en faire. Il suffit de dire que c'est à cause de nous, a répliqué Keisuke. Vous n'avez qu'à raconter qu'on vous a forcé la main, ou bien qu'on vous a suppliées en pleurant, alors vous avez eu peur et vous nous avez suivis. Si vous rejetez la faute sur nous, les deux autres filles ne vous en voudront pas, et puis, dans les faits, c'est bien nous qui vous avons proposé de partir, a-t-il dit et, je ne sais pas pour-quoi, il a eu un petit rire.

Au bout d'un certain temps, pour voir, j'ai caressé la main de celle avec qui j'avais le plus parlé, je lui ai touché les cheveux aussi, mais elle n'a pas fait mine de se dégager. Le moment était venu, me semblait-il, j'ai décidé d'arrêter de boire. Après, j'ai quitté le bar avec la fille.

On est allés jusqu'à son appartement en taxi et je suis monté avec elle. Elle avait l'air passablement éméchée, mais je pense qu'en réalité elle ne l'était pas tant que ça. Je l'ai renversée sur le lit et désha-billée. Ensuite, je l'ai prise avec respect, je crois. Normalement, dans ces moments-là, je n'en fais qu'à ma tête avec les filles. Je baise souvent à la hussarde, je jouis égoïstement. Mais là, je me suis appliqué, j'ai procédé en observant les réactions de la fille. Peut-être parce que j'étais de bonne humeur. Elle gémissait beaucoup, je me suis concentré sur sa voix et je lui ai consacré autant de temps que mes forces me le permettaient.

3 Quand je me suis réveillé, j'étais chez la fille. J'avais l'intention de partir avant son réveil, mais apparemment la fatigue avait pris le dessus, et elle n'était déjà plus à mes côtés. J'ai entendu un claquement sec, immédiatement suivi du bruit d'une flamme qui prend vie. Les rideaux couleur de terre qui séparaient la pièce me bouchaient la vue mais j'ai supposé que la fille était en train de cuisiner. Le bout des doigts de ma main droite était imprégné de son odeur, ça m'a soulevé le cœur. J'ai tendu la main pour attraper mes cigarettes sur la table, j'en ai allumé une et j'ai aspiré la fumée. Les vêtements que j'avais abandonnés en désordre étaient au pied du lit, soigneusement pliés, j'avais l'impression qu'ils appartenaient à quelqu'un d'autre.

— Ah, je t'ai réveillé ? Pardon ! a-t-elle lancé, le visage dans l'entrebâillement des rideaux.

Malgré l'heure matinale, elle était légèrement maquillée et s'était changée, elle portait un sweat-shirt blanc. Ses mots m'ont plu, j'étais satisfait. Sa phrase était d'une grande banalité, ce qui était parfait. J'ai cherché une réplique à l'avenant et j'ai répondu, c'est pas grave. Il me semblait qu'il manquait quelque chose, alors j'ai ajouté :

— Il est quelle heure ?

— Déjà dix heures. C'est foutu pour la deuxième heure de cours. De toute façon, j'avais pas l'intention d'y aller.

— Neuf heures ? Il est encore tôt, non ?

— Hein ? Il est dix heures, pas neuf, dix.

Elle a ri et m'a annoncé qu'elle préparait du café. Je l'ai remerciée et lui en ai demandé un bien serré. Je suis sorti du lit et j'ai enfilé mes vêtements soigneusement pliés. Ensuite, j'ai réfléchi à ce que j'allais faire. Je pouvais faire évoluer la situation comme bon me semblait. Avant, cela m'aurait donné le frisson, mais maintenant, j'avais du mal à en retirer du plaisir. On dit qu'on s'habitue à tout, et je pensais souvent que c'était vrai. Ce que j'allais faire à présent ne m'inspirait, égoïstement, qu'un profond ennui.

J'ai écrasé ma cigarette et me suis dirigé vers la cuisine où la fille était en train de préparer le café. Je l'ai enlacée par-derrière et, en m'appliquant à faire preuve de muflerie, je lui ai peloté les seins tout en l'embrassant dans le cou. J'ai agi ainsi afin qu'elle me prenne pour un sale type intéressé uniquement par le cul mais à la réflexion, c'est bien ce que j'étais, et ça m'a fait sourire. Elle a repoussé mes bras en riant et m'a dit, attends un peu. J'ai glissé ma main droite entre ses jambes et, par-dessus le denim de son jean, j'ai frotté son sexe, fort. Puis j'ai lancé, laisse-moi te baiser encore une fois, rien qu'une. Pour voir, j'ai ajouté, vu comme tu as joui hier, tu dois avoir envie de recommencer. J'ai attendu qu'elle se fâche. Je me disais qu'elle allait me balancer au visage l'eau qui bouillait sur la gazinière, et je trouvais que je le méritais. J'ai décidé de me laisser porter par les événements. Me laisser porter, c'est un choix que j'aime bien faire. Mais elle a ri soudain.

— C'est bon, j'ai pigé, je te collerai pas, cela dit, si tu en as vraiment envie, je veux bien. Allez, va gentiment attendre ton café. De toute façon, j'ai un copain, alors, on n'aura qu'à se voir quand on en a envie, ça te va comme ça ? m'a-t-elle répondu.

Elle ne m'avait pas pris au sérieux. J'ai hésité, mais sa proposition était plutôt à mon bénéfice. J'ai décidé de boire tranquillement un café et de rentrer chez moi.

Devant la télé, j'ai zappé en fumant des cigarettes à la chaîne. Finalement je me suis arrêté sur la NHK. Des gens gravissaient une montagne enneigée. Un homme au visage brûlé par le soleil, la peau d'un brun rougeâtre, a prononcé quelques mots et ses compagnons ont ri.

La fille a disposé sur la table des tasses et des toasts sur une assiette. L'arôme du café flottait dans la pièce, j'en ai bu une gorgée, une amertume plaisante m'a glissé dans la gorge. Je l'ai complimentée, elle m'a expliqué qu'elle travaillait dans un troquet. Ils me donnent un peu de café moulu. Passe me voir là-bas un de ces jours, le café est encore meilleur qu'ici, a-t-elle dit, et elle en a pris une gorgée aussi.

L'émission terminée, les informations ont commencé à la télévision. Un type en costard parlait de la situation en Afghanistan, des images en direct d'un hôpital sont apparues à l'écran. Un homme avec une seule jambe, allongé sur un lit à la propreté douteuse, a lentement fait la grimace quand il a vu la caméra. La caméra s'est peu à peu approchée de son visage déformé par un rictus. Il a parlé dans une langue qui ressemblait à un langage codé. Je vendais des mulets. C'était écrit en japonais en bas de l'écran. Mais mes mulets ont brûlé avec ma maison, et j'ai perdu une jambe aussi. La politique, je n'y comprends rien et ça ne m'intéresse pas. Apparemment il continuait à parler, mais l'écran montrait désormais une plaine inculte.

La fille bavardait et je répondais vaguement. J'ai mangé le toast et bu le café. Le pain était tiède, cela faisait longtemps que je n'avais pas mangé quelque chose dans ce genre. En regardant bien, l'appartement de la fille était meublé dans des tons d'un marron sobre et le papier peint neuf était si blanc qu'il faisait mal aux yeux. Il y avait un gros ours en peluche au-dessus de la bibliothèque, lorsque je l'ai regardé fixement, elle a dit en riant que c'était un cadeau de son copain.

Les images à l'écran ont de nouveau changé, les mots « cadavre d'un homme à Arakawa » m'ont sauté aux yeux. La tasse de café entre les doigts, toute mon attention s'est rivée à l'écran. Une douleur fulgurante m'a transpercé le cœur et j'ai senti mon corps se tétaniser. « Hier, le 20, a dit l'homme à l'écran, le corps d'un homme a été trouvé près du fleuve Arakawa dans l'arrondissement d'Itabashi à Tokyo. Le décès, causé par une balle dans la tête, remonterait à environ cinq jours. La victime, âgée de quarante à cinquante ans, n'a pas encore été identifiée. La police a ouvert une enquête pour assassinat présumé et recherche l'arme du crime. »

Les informations sont passées à la rubrique sportive, Ichiro avait marqué un coup sûr et les Mariners avaient gagné. Un étranger que je ne connaissais pas donnait une conférence de presse, s'exprimant d'un air satisfait. Sur un terrain de golf quelqu'un tenait une coupe en argent, un cheval galopait. La fille s'est adressée à moi, j'étais muet. Je me suis composé un air serein et je lui ai demandé de répéter.

— Je te demande ce que tu as. T'es tout pâle.
— Quoi ?

— Je te dis que tu es tout pâle.

Je ne comprenais pas ce qu'elle racontait. J'ai pensé qu'elle blaguait et j'ai souri. J'ai tenté de rire, mais seul un drôle de soupir rauque a filtré de ma gorge. Ma vision s'est brouillée, il m'a fallu un temps pour réaliser que j'avais gardé le regard fixé sur le visage de la fille. Dans un coin de mon esprit s'est imposé le mot W-C, je lui ai annoncé que j'allais aux toilettes. Peut-être inquiète, elle continuait à me parler. J'ai gagné les toilettes, où je me suis regardé. J'étais blanc comme un linge, on aurait dit que de la peinture bleue suintait de mes pores. Mon front était baigné de sueur, et dans le dos aussi, j'avais une sensation de froid. Je ressentais des élancements dans la face interne des bras et j'avais de la peine à les soulever. Je me suis passé le visage à l'eau froide, puis j'en ai bu, sans vraie raison. J'étais persuadé que le contact avec l'eau redonnerait vie à mon visage. On a frappé à la porte, j'ai sursauté. Une voix a dit, ça va ?, sans doute la fille. A ce moment-là j'ai murmuré, mais qu'est-ce que je fous, évidemment que tout va bien aller.

— Oui, désolé, j'ai juste vomi un peu. Désolé, vraiment. Ça va mieux.

— Ah bon ? Oh, pardon, c'est ce que tu as mangé ? Pourtant, le pain de mie n'est pas vieux, oh là là, je suis désolée.

— Non, c'est pas ça, ça m'arrive parfois, avec n'importe quoi. Ça dépend comment je me sens.

— Oh là là, pardon, vraiment, qu'est-ce que je peux faire ? J'appelle une ambulance ? Dis, qu'est-ce que je fais ?

— Non non, ça va mieux. C'est fini. Ça y est, c'est passé. Ça passe toujours très vite.

Tout en étudiant mon visage, j'ai senti un rire monter en moi. Je tirais des conclusions hâtives. Pour commencer, je n'avais pas tué cet homme. D'après ce que je pouvais en supposer, il s'était suicidé. Mais voilà, ai-je soudain compris. Puisque j'avais quitté les lieux avec le revolver, on avait conclu à un assassinat. En l'absence de l'arme censée avoir causé sa mort, il était impossible de conclure à un suicide et la police en avait déduit qu'il s'agissait d'un assassinat. Et être en possession de l'arme me désignait comme le coupable, du moins du point de vue de la police. J'ai commencé à paniquer, mais je me suis immédiatement repris. J'avais déjà prévu tout ça ce jour-là. Ce développement ne débordait pas le cadre de mes calculs. Le jour en question, j'avais quitté les lieux en prenant les plus grandes précautions, il ne devait y avoir ni trace de moi sur place, ni témoin susceptible de m'avoir vu. Personne ne pouvait savoir que je possédais ce revolver. J'étais en sécurité. Et dans la mesure où je ne commettrais pas d'erreur, cette arme continuerait à être la mienne.

Cependant, j'étais surpris de ne pas avoir plus surveillé les informations. En toute logique, j'aurais dû activement chercher à savoir quand le corps de l'homme serait découvert, et dans quelle direction s'orienterait l'enquête policière. Que je ne l'aie pas fait signifiait sans doute que j'avais pris la grosse tête. Si la découverte avait tardé, c'était sûrement à cause de la pluie incessante. Les parages obscurs de ce pont n'avaient déjà rien d'attirant, c'était pire par mauvais temps. Le délai pris par la découverte m'a rempli de gratitude. J'avais l'impression d'avoir ainsi été sauvé de ma négligence. Au moins, je partais sur un pied d'égalité avec la police, il me suffisait désormais de vivre en restant sur mes gardes. J'avais beau remuer tout ça dans ma tête, il me semblait improbable qu'on m'associe à cet homme. L'incident finirait par sombrer dans l'oubli, à cette idée, un mélange de soulagement et de joie m'a envahi et j'ai senti mon corps se détendre à nouveau. J'ai pensé qu'avec un peu de chance cette tension, et même le danger qui me guettait et le réconfort de l'avoir surmonté, allaient peut-être devenir une sorte de plaisir pour moi.

Après, j'ai refait l'amour avec la fille. Elle n'avait pas l'air très emballée, mais je me sentais bien et j'avais envie d'action. Je crois que je l'ai bien crevée. Après avoir éjaculé, je lui ai caressé les cheveux plusieurs fois. Elle n'était franchement pas belle, mais j'ai continué à la caresser un moment. Puis j'ai lancé une blague pour la faire rire, en ajoutant que je reviendrais.

4 Je suis allé au grand magasin près de chez moi et j'ai acheté deux mouchoirs blancs. C'était pour les disposer sous le revolver dans la sacoche, j'avais enfin réussi à me les procurer. Ils étaient en bemberg, un tissu à la texture fluide comme de la soie, exactement ce que j'avais en tête. Le gris argenté fascinant de l'arme, le marron vif qui rappelait un arbre dans la nature, tous deux seraient mis en valeur par ce blanc satiné. J'ai acheté un autre mouchoir dans le même tissu, en noir. J'avais l'intention de l'utiliser pour astiquer l'arme. Mon arme était belle et je n'avais pas besoin de la nettoyer mais j'en avais envie. Ce geste me semblait propice à établir une communication plus étroite avec elle.

Pressé de rentrer, j'ai allongé le pas. Je pouvais marcher autant que je voulais, je ne sentais pas la fatigue. J'ai franchi le passage à niveau, coupé par le square, et je me suis mis à courir. Mais mon téléphone portable a sonné, la sonnerie m'a semblé très forte, ça m'a pris au dépourvu. J'ai pris l'appel instinctivement, c'était ma mère. Elle voulait savoir s'il ne m'était rien arrivé de spécial. Je lui ai demandé pourquoi elle me posait cette question, et elle m'a expliqué qu'elle avait rêvé de moi.

— Non, c'est juste que tu m'es apparu en rêve, alors je ne sais pas, ça m'a inquiétée.

— Ah, ce n'est que ça, tu m'as fait peur !

— Je m'inquiétais un peu, c'est tout, voilà, tu n'es pas enrhumé ? Ça va ?

— Tout va bien, mais là, je suis occupé, alors je raccroche, excuse-moi.

J'ai coupé la communication, mais ma mère semblait avoir autre chose à dire. Quand elle veut me parler, elle appelle toujours sur le fixe chez moi. Pourquoi m'avait-elle appelé exprès sur mon portable ? J'y ai réfléchi un peu, puis j'ai de nouveau tourné mes pensées vers l'arme. Aujourd'hui, j'avais deux choses à faire. L'une était d'acheter du tissu blanc, et je l'avais déjà fait, l'autre était de regarder s'il y avait des balles dans le revolver. Est-ce qu'il contenait des balles ? C'était pour moi une question cruciale. C'était si important que j'avais peur de vérifier et j'avais sciemment repoussé cet examen jusqu'à aujourd'hui. Je suis comme ça, j'ai un penchant à la procrastination pour les choses importantes. A la fadeur de la déconvenue je préfère le foisonnement de la fiction, conjectures comprises. Mais cette question-là, je ne pouvais pas l'éluder indéfiniment. Sans balles, mon arme n'avait plus de sens. Même si je ne m'en servais pas pour de vrai, elle devait renfermer des munitions. Et s'il n'y en avait pas, je devrais me débrouiller pour m'en procurer. Cela impliquerait d'énormes difficultés et de grands risques. Si possible, je souhaitais éviter ce cas de figure.

Ce qui me tracassait, c'était la forte probabilité que le mort se soit suicidé. Un homme sur le point de se suicider met-il plusieurs balles dans le revolver dont il va se servir ? Insérer une seule balle et se tuer avec, c'était le plus logique. Le doute était niché en permanence dans un recoin de mon esprit. Chaque fois qu'il revenait à la surface, l'angoisse montait, par moments, ça devenait insupportable. Je ne pouvais pas repousser davantage. Je devais savoir exactement où j'en étais.

De retour chez moi, j'ai ouvert la sacoche rectangulaire. Le revolver est apparu, toujours d'une beauté à couper le souffle. En comparaison, la fille de l'autre jour ne valait rien. Cette arme était tout mon être actuel, et elle renfermait peut-être aussi tout mon devenir. Tout en imaginant les munitions à l'intérieur, j'ai contemplé un moment ce gris argenté éblouissant.

Puis, résolument, j'ai essayé de pousser vers l'extérieur la pièce cylindrique centrale. Dans mon esprit, elle devait basculer d'un côté ou de l'autre afin qu'on puisse y insérer les balles une par une. Convaincu que c'était le cas, j'ai persévéré en prenant garde à ne toucher ni à la détente ni au chien. Mes mains tremblaient légèrement d'excitation, je sentais une sueur glacée mouiller mon corps. Avec un petit bruit sec, la pièce cylindrique sur laquelle j'appuyais avec la pulpe du pouce a basculé vers la gauche dans un mouvement ample et s'est immobilisée selon un angle qui dévoilait tout son contenu. A l'intérieur, il y avait quatre balles dorées. Quatre des six alvéoles pratiquées à intervalles réguliers contenaient une balle couleur d'or. Je me suis abandonné un moment à une jubilation déroutante, mélange de soulagement et d'excitation. Il ne pouvait pas en être autrement, me suis-je dit. Jamais cette arme ne me trahira, elle comblera toujours mon attente, ai-je pensé, et j'ai senti un sourire éclairer mon visage. Les yeux fixés sur les balles, je les ai vues jaillir du revolver et fendre l'air à l'infini. La scène était magnifique, je ne pouvais rien concevoir de plus attirant. Ensuite, tout naturellement, je me suis imaginé en train de faire feu. Je tiendrais le revolver bien droit et avec le pouce j'abaisserais le chien. Après, je fermerais l'œil gauche et, toute mon attention focalisée dans mon œil droit, je viserais la cible à atteindre. Sur quoi pourrais-je bien tirer ? Je n'y avais pas réfléchi. Pourquoi pas sur un être humain, ai-je pensé. N'importe qui ferait l'affaire, j'ai pris pour cible quelqu'un à abattre, quelqu'un qui devait être abattu. C'était la silhouette d'une femme. Un homme aurait tout aussi bien convenu, mais la première image qui m'est venue à l'esprit était celle d'une femme inconnue, aux longs cheveux et au corps svelte. En prévision du choc, je banderais les muscles du poignet de ma main droite qui tenait le revolver et, de la main gauche, je soutiendrais mon poignet. Je poserais l'index sur la détente, que je tirerais doucement vers moi. Le choc de la détonation balayerait tout mon corps, des vibrations fines mais intenses secoueraient mon poignet. Bien entendu, je ne pourrais pas distinguer la balle jaillissant du canon, mais je pensais que je verrais l'explosion semblable à un feu d'artifice, et le panache de fumée qu'elle produirait. La femme aurait le corps déchiqueté par la balle, elle s'effondrerait, ruisselante de sang, et dans cette position, prononcerait peut-être quelques mots. Mais là, j'ai arrêté d'imaginer. Je n'avais ni ce qu'on appelle des pulsions destructrices, ni goût pour la cruauté. Par exemple, je pouvais regarder froidement un film avec des monstres qui dévorent les entrailles des gens, mais ça ne m'avait jamais excité. Je n'avais pas spécialement envie de voir une femme se tordre de douleur. Mon intérêt résidait uniquement dans l'excitation liée à l'acte de détruire la vie, et dans le caractère inhabituel qu'il revêtait. Davantage que le résultat c'était le

processus, davantage que les images sanguino-
lentes c'était la tension qu'elles faisaient surgir en
moi, qui m'intéressait.

Tout en me demandant qui avait eu le premier
l'idée de fabriquer une arme à feu, je me suis
allongé sur mon lit. A l'origine il y avait d'abord
eu le canon, puis le fusil long comme l'arquebuse,
et les armes à feu s'étaient sans doute dévelop-
pées à partir de là. Leur finalité commune est,
bien entendu, d'ôter la vie. Couteaux et sabres ont
la même raison d'être, mais la différence fonda-
mentale réside dans le risque qui leur est inhé-
rent. Pour tuer quelqu'un avec un couteau, il faut
d'abord s'approcher. Forcément, il est possible
que l'autre contre-attaque, un risque que celui qui
s'apprête à tuer doit assumer. Mais pas avec une
arme à feu. Naturellement, dans le cas où l'adversaire possède le même instrument, il y a fusillade,
mais si on vise depuis un lieu protégé et que le tir
fait mouche, l'autre meurt sans savoir qui l'a
abattu. Le tireur possède l'assurance, même si elle
n'est pas à toute épreuve, d'une sécurité supé-
rieure par rapport au couteau ou au sabre. Et puis,
la sensation de tuer, la proximité avec la chair
découpée, avec les os brisés, est quasi inexistante.
Cette sensation, celui qui tue avec une arme à feu
l'éprouve aussi, mais elle se résume au choc
ressenti au moment où la balle est tirée, sans
contact avec la chair et les os de l'adversaire. Il n'y
a pas d'effort à fournir comme avec un canon ou

un arc et des flèches, ni de danger à courir comme avec une bombe, par exemple. C'est plus facile à transporter qu'un fusil, une simple pression du doigt suffit pour passer à l'acte. Cette facilité à tuer ainsi recherchée par l'inventeur me semblait incarnée dans la couleur argentée. A l'instant où la connexion s'est établie entre les mots *facilité* et *mort*, un drôle de sentiment s'est emparé de moi. J'ai pris le revolver qui alliait ces deux concepts antithétiques et je l'ai examiné sous toutes les coutures. Il rendait le crime familier, et il permettait aussi, me semblait-il, à celui qui agissait de regarder son acte en spectateur. Et puis, il avait vraiment une belle forme. J'ai pensé que le fabricant en avait fait un bel objet pour donner envie de l'acheter, ou alors que c'était sa proximité avec la mort qui donnait à cette forme sa beauté. Mais un arc ou un couteau aussi sont pareillement beaux. L'homme perçoit-il la beauté ou la recherche-t-il dans tout ce qui touche à la mort ? J'y ai réfléchi, mais je ne savais pas trop. Alors je me suis dit qu'on ne pouvait pas savoir.

J'ai allumé une cigarette, puis j'ai disposé dans la sacoche les deux mouchoirs blancs achetés plus tôt et j'ai installé l'arme dessus. J'ai ajouté le mouchoir noir et j'ai de nouveau contemplé le tout. L'arme pourvue de balles avait encore plus de présence, et de puissance de persuasion aussi. Retenant mon souffle, j'ai scruté ce gris argenté luisant, ce marron profond. Ce que je ressentais, c'était du respect pour cette présence envoûtante. J'avais l'impression que c'était une existence qui dépassait de loin ma propre personne. Je me suis demandé s'il me serait donné d'en devenir le propriétaire. Cet engin doté d'un dessein arrêté, débordant de multiples possibles, m'accepterait-il comme son propriétaire ? Tout en gambergeant là-dessus, je tirais sans relâche sur ma cigarette ; quand elle a été finie, j'ai refermé la sacoche.

J'ai ouvert le réfrigérateur et bu lentement l'eau minérale qui s'y trouvait. J'avais faim, je suis allé jusqu'à un bistrot du quartier où j'ai commandé un café et un sandwich au thon et à la salade. La serveuse était grosse et maquillée comme un pot de peinture. Dégoûté de l'avoir sous les yeux, j'ai stoïquement bu le café infect. L'homme qui semblait le patron des lieux regardait distraitement le petit téléviseur posé sur le comptoir. Ni l'un ni l'autre ne semblaient franchement se passionner pour la gestion de l'établissement. A la télévision défilaient des images de New York. Je me suis fait la réflexion qu'aux Etats-Unis les gens normaux possédaient des revolvers comme le mien. Pour eux, les armes faisaient partie du quotidien, elles n'avaient rien d'exceptionnel. Mais, étrangement, je ne ressentais pas de jalousie. J'éprouve peu d'attirance pour ce qui est exclusif. Que mon entourage possède la même chose que moi ne me pose pas particulièrement de problème. J'ai pensé, voilà, j'ai trouvé.

De la même façon que certains éprouvent de la joie à peindre des tableaux ou à composer de la musique, de la même façon que d'autres deviennent dépendants du travail ou d'une femme, d'une drogue ou d'une religion, j'ai trouvé quelque chose qui me captive. Dans mon cas, il s'agit d'une arme, voilà tout. Je ne suis pas bizarre. C'est ce que je me suis dit. Rasséréné, j'ai allumé une cigarette et je me suis calé dans mon fauteuil.

5 Je suis allé à la fac, où j'ai assisté à plusieurs cours. Ces derniers temps, je vais souvent à la fac, sans doute pour la raison que je possède une arme. Depuis que je l'ai, je suis plus actif, je ne recule pas devant les tâches pénibles. Je rends mes devoirs avant l'heure, et il m'arrive aussi de prêter mes notes à d'autres étudiants.

Je suis allé à la cafétéria et j'ai fumé une cigarette en buvant un café. Keisuke a pris la même chose et m'a parlé de filles. La fille de l'autre jour, c'était quelque chose, a-t-il dit, puis il a pouffé. Elle avait l'air quelconque, mais elle criait fort. Les voisins aussi l'ont entendue, c'est clair. Keisuke semblait lancé pour un bout de temps. Tout en fumant ma cigarette, j'ai pas mal ri à ce qu'il me racontait.

— Et toi ? Tu l'as eue ? C'était comment, raconte.

— Ouais, je l'ai sautée. Et je vais pouvoir me la refaire.

— Quoi ? Tu veux dire que vous sortez ensemble ?

— Non, on baise ensemble, c'est tout. En plus, elle a un copain, ça me va bien.

Quand je lui ai annoncé ça, Keisuke a répondu en rigolant, Nishikawa, t'es vraiment un sale type. Je n'ai pas compris pourquoi, mais j'ai préféré rire. Keisuke fumait une cigarette, peut-être avait-il trop ri, il s'est étranglé. Moi, j'avais plus ou moins envie d'être seul.

— Mais dis donc, ça craint pas un peu ? Imagine, si le mec est au courant, toi aussi tu vas t'en prendre plein la gueule, sérieux. Et puis elle va peut-être te dire qu'elle veut se mettre avec toi.

— On verra ça le moment venu. De toute façon, je m'en fous, j'ai pas besoin plus que ça de baiser. On se verra si on a envie, c'est tout.

Keisuke a ri puis il m'a annoncé qu'après, il irait draguer en ville. Ça ne me disait pas vraiment, mais à tout hasard j'ai hoché la tête et on a continué à discuter jusqu'à ce qu'il parte pour aller à son petit boulot.

Une fois seul, j'ai commandé un autre café que j'ai bu tranquillement. Les étudiants autour de moi parlaient bruyamment, j'ai hésité à chercher un endroit plus calme. A la table d'à côté, un gars écrivait comme un forcené, le brouhaha ne semblait pas le gêner. J'ai eu envie de le titiller un peu, mais comme je ne le connaissais pas, je me suis abstenu. Plusieurs personnes de ma connaissance m'ont adressé la parole en passant, j'ai répondu à chacune. J'avais encore beaucoup de temps devant moi avant le prochain cours et rien à faire. Alors, je me suis dit que j'aurais peut-être dû apporter le revolver.

J'ai reçu une tape sur la tête par-derrière, je me suis retourné, une fille était là. Comme je ne la connaissais pas, j'étais un peu ébahi. Elle m'a demandé ce que je faisais, je lui ai répondu, rien de particulier. A force de regarder son visage, j'ai graduellement réalisé que je l'avais déjà vue, mais ça faisait un moment déjà qu'on discutait. Un jour, pendant un cours, elle m'avait adressé la parole par-dessus mon épaule, et il me semblait qu'à ce moment-là elle m'avait dit, ça fait longtemps. Mais rien d'autre ne me revenait. Je n'avais pas le choix, j'ai fait semblant de la connaître et je l'ai regardée s'asseoir à la même table que moi.

— La fac, c'est vraiment chiant, depuis un moment je me demande si je vais pas laisser tomber. Mais d'un autre côté, j'ai plus que deux ans à tirer.

— Bof, il n'y a pas de quoi tout arrêter, non ? Enfin, j'en sais rien.

— Mouais, je sais pas trop, comment dire... Y a rien de plus intéressant ?

La fille portait une courte jupe noire et un pull blanc près du corps, elle avait de gros seins et un visage aux traits réguliers. J'ai fouillé dans ma mémoire, mais je n'arrivais vraiment pas à me souvenir d'elle. Ses cheveux teints en châtain étaient très soignés, ils brillaient sous la lumière des néons de la cafétéria. Elle battait souvent des cils et me regardait bien en face de ses grands yeux tout en parlant d'un tas de choses. Elle paraissait énervée, mais par quoi, je l'ignorais. J'avais envie d'elle et, en tirant sur ma cigarette, j'ai observé ses différentes attitudes.

Dans ces moments-là, je m'imagine souvent en train de baiser la fille en face de moi. Et parfois, cédant à mon inclination, je passe à l'acte. Davantage qu'à ma volonté de l'instant, j'obéis à mon penchant. J'envisageais de l'inviter quelque part, comme je fais d'habitude, mais confusément, quelque chose me retenait. Je venais juste de passer la nuit avec une fille, rien que l'idée de recommencer tout le processus me barbait. Je me suis demandé si c'était encore un effet de l'arme, mais comme j'avais aussi tiré un coup depuis que je l'avais, je ne savais pas trop à quoi m'en tenir. Tout en discutant avec la fille, j'ai hésité sur le comportement à adopter. Mais je suis arrivé à la conclusion que ça serait bien de l'emmener quelque part. Lorsque ça me fait suer de réfléchir, je me laisse toujours entraîner dans la direction susceptible de me réserver des surprises.

— Dis, en réalité, tu ne te souviens pas, hein ?
— De quoi ?
— Eh bien, tu ne te souviens pas de moi, pas vrai ? Tu fais semblant. Depuis tout à l'heure, tu as

la tête de quelqu'un qui ment, a-t-elle lancé en me regardant.

Surpris, j'ai scruté son visage. Un léger sourire aux lèvres, elle me dévisageait. Elle m'avait coincé, j'avoue. Si ça trouve, j'avais peut-être couché avec elle, mais cela me paraissait peu probable. Pour commencer, je n'avais pas couché avec tant de filles que ça pour oublier leur visage, pas plus que je n'avais jamais bu à en perdre la mémoire. Je me suis excusé et elle a ri.

— Si tu ne me reconnaissais pas, tu n'avais qu'à le dire. Ça n'a rien de surprenant, franchement. Ça remonte à tellement loin, quand on y pense. Tu te souviens de la fête du club, en première année ? Une sorte de fête de bienvenue pour les nouveaux. On avait filé en douce et on était allés manger ensemble. C'est moi, Yoshikawa, Yoshikawa Yûko. Alors, ça te revient ? a-t-elle demandé, puis elle m'a regardé en souriant.

Maintenant qu'elle me le disait, ça me revenait, de façon ténue. Ce jour-là, j'avais effectivement pris la tangente avec une fille qui s'appelait Yoshikawa, et nous avions dîné ensemble dans un *family restaurant* quelconque. Ensuite, si je me souvenais bien, j'avais eu à faire et nous étions partis chacun de notre côté. Mais la fille de ce jour-là avait les cheveux noirs et coupés court, on aurait dit quelqu'un d'autre. Malgré le flou de mes souvenirs, il me semblait que l'atmosphère qui émanait d'elle, l'impression qu'elle produisait étaient très différentes.

— Après ça, il s'est passé plein de choses, j'ai vécu un temps aux Etats-Unis. J'ai arrêté mes études. Pour un séjour en immersion, c'est comme ça qu'on dit ? J'ai fait ça, et puis je suis revenue il n'y a pas longtemps. Je le regrette drôlement, en fait. Là-bas je m'emmerdais, mais ici c'est encore pire, je crois. Bref, c'est partout pareil, a-t-elle dit, puis elle a de nouveau ri.

Je ne sais pas pourquoi, mais j'ai renoncé à l'inviter quelque part. J'avais l'impression que c'était parce qu'elle m'avait traité de menteur, mais je n'en étais pas sûr. De toute façon, répéter tout le processus à un si bref intervalle me cassait les pieds, c'était usant. Elle a commandé un café, elle semblait avoir l'intention de bavarder long-temps avec moi. Ses grands yeux étaient singu-liers, je ne me lassais pas de les regarder. J'ai fumé plusieurs cigarettes et bu mon café déjà froid.

— Non, mais tu as sacrément changé d'allure, je t'assure. A l'époque, tu avais les cheveux courts, hein ? Ça me revient enfin. Non, sérieux. Alors comme ça, tu étais aux Etats-Unis, c'est la classe. Moi, je suis complètement nul en anglais.

— En anglais ? Oh, tu sais, c'est pas grand-chose de savoir parler anglais. Ça permet juste de discuter avec des anglophones, c'est tout. A la base, j'ai pas appris parce que ça m'intéressait.

C'est mes parents. Ils m'ont obligée à suivre des cours quand j'étais petite.

— Ah bon ? Mais au bout du compte, c'est bien, non ?

— Ouais, peut-être, je sais pas. Mais un jour il y aura des traducteurs automatiques et ça ne servira plus à rien. Ouais. Je crois vraiment que c'est ce qui va arriver. Bref, et toi, qu'est-ce que tu deviens ? Tu n'as pas redoublé ?

— Non. J'avance normalement, avec sérieux.

— Ah bon, vraiment ? C'est pas rigolo.

Ensuite, elle a annoncé qu'elle avait envie de faire quelque chose de sympa. Comme je ne voyais pas vraiment ce qu'elle voulait dire, je lui ai demandé ce qu'elle souhaitait faire, concrètement. Je ne sais pas, trouve une idée, m'a-t-elle répondu, puis elle a ajouté, la première fois qu'on s'est rencontrés, je crois qu'on s'était bien amusés. J'ai pensé que si je lui proposais de coucher ensemble, elle serait sidérée. Vouloir donner une tournure imprévue à un avenir proche qui semble tout tracé est une sorte de manie chez moi. Bien sûr, il est rare que je passe à l'acte, mais cela m'attire et, parfois, je prends plaisir à le faire. J'ai un peu hésité, mais j'ai décidé d'abandonner cette fois-ci. Elle a continué à me faire des demandes imprécises, ça avait l'air de l'amuser. En gros, elle cherchait à m'entraîner dans son ennui. J'ai un peu cogité, sans trouver de bonne idée. Et puis je me suis dit, de la réunion de gens ennuyeux ne peut naître que l'ennui. Cette phrase m'a plu et, pour une raison qui m'échappe, j'ai décidé de la retenir. J'ai fugitivement pensé au revolver mais, bien entendu, il n'était pas question que je partage cela avec elle. Ensuite, nous avons passé un long moment ensemble.

Comme elle m'a demandé mon numéro de mobile, je lui ai moi aussi demandé le sien. Et à ce moment-là, une idée m'est venue, celle d'une sorte de jeu. C'était, en prenant mon temps, méthodiquement, de devenir intime avec cette fille, Yoshikawa Yûko. Prendre mon temps, ça me plaisait bien. Ne pas coucher avec elle immédiatement, mais progresser pas à pas vers ce dénouement. C'était stupide, mais ça m'attirait. Si un autre type faisait son apparition en cours de route, je ferais exprès d'être jaloux, ai-je décidé. J'ai senti mon humeur s'améliorer, j'étais content. Et je ne sais pas pourquoi, il me semblait qu'à la racine de cette bonne humeur se trouvait l'arme.

Dehors, la lumière baissait, baignant peu à peu les alentours d'un flou bleuté. Les lampadaires du campus ont commencé à diffuser une lumière orange sous laquelle de nombreuses personnes allaient et venaient, bavardaient. La lumière orange brillait comme pour transpercer ce bleu et, peut-être parce que je l'avais regardée trop longtemps, sa trace persistait sur ma rétine. La trace a viré du jaune au vert, elle bougeait à l'unisson avec mon regard. En me concentrant dessus, j'ai regardé le bleu à l'arrière-plan, puis l'orange. A force, je me suis senti m'engourdir peu à peu. Cette sensation a fini par me submerger et, quand je suis revenu à moi, je me suis réveillé. Je m'étais endormi sur ma chaise.

Yoshikawa Yûko bavardait et fumait mes cigarettes. J'ai hoché la tête à ce qu'elle disait et j'ai bu une gorgée de café.

6 Chez moi, j'astiquais l'arme.

Bien entendu, je me servais de l'étoffe noire en bemberg que j'avais achetée, le revolver dans la main gauche et le tissu dans la droite. Lorsque je me déplaçais dans l'appartement, je les gardais toujours à la main, j'astiquais l'arme en écoutant de la musique, en regardant la télévision. Je l'astiquais les coudes posés sur la table, ou allongé sur mon lit.

Ainsi occupé, le temps passait à une vitesse surprenante. Je répétais cette tâche simple et plaisante, comme une conversation avec l'arme. Evidemment, je ne lui parlais pas, même en pensée. L'arme était un objet manufacturé, si je lui avais parlé, je me serais parlé à moi-même, et si elle avait parlé, cela aurait signifié que j'étais devenu fou. Je me bornais à l'astiquer en silence, à goûter intensément ma proximité avec elle. Mais, à force, une légère tristesse s'emparait parfois de moi. J'en ignorais la cause, mais cela faisait bien longtemps que je n'avais pas ressenti cela. J'ai cherché diverses raisons, en vain. Le temps passait, le milieu de journée devenait début de soirée, puis la nuit arrivait.

Depuis quelques jours, il y avait beaucoup de policiers dans le quartier. Je me suis demandé si je les remarquais parce que leur présence me préoccupait, mais il semblait que leur nombre avait réellement augmenté. Près de la supérette, j'avais entendu des femmes au foyer dire qu'il y avait beaucoup de policiers, et aussi des garçons à l'allure d'étudiants qui se demandaient ce qu'était devenu le meurtrier de l'Arakawa. Une fois, près d'un parc situé à environ un kilomètre de chez moi, j'avais aussi vu un policier en uniforme accompagné d'un chien. Ce jour-là, j'avais été pris de court. J'avais entendu parler des chiens policiers qui flairent l'odeur de la drogue, mais en allait-il de même pour les armes ? Je l'ignorais, mais cela me semblait peu probable. Les armes sont métalliques, je voyais mal comment elles pourraient avoir une odeur autre que celle du métal. J'avais observé le chien pendant un moment ; il ne m'avait pas prêté attention, la truffe collée par terre, il reniflait consciencieusement le sol.

J'ai rangé l'arme et le tissu noir dans la sacoche et je suis sorti m'acheter de quoi dîner. L'air était frais, je ne portais qu'une chemise et je sentais le froid. J'ai allumé une cigarette et marché à pas lents, sans raison particulière. Le ciel était bouché par d'énormes nuages, les étoiles et la lune invisibles.

Arrivé tout près de la supérette, j'ai passé mon chemin. J'aurais pu faire mes courses là, mais j'avais envie d'aller plus loin. J'ai acheté une canette de café à un distributeur sur ma route et je l'ai bue à petites gorgées. J'ai progressé dans le lacis de ruelles formées par les maisons, traversé le parking et franchi le passage à niveau. J'ai croisé plusieurs personnes et j'ai aussi failli être percuté par une bicyclette qui roulait à toute allure. C'était un jeune type, j'aurais dû flanquer un coup de pied dans sa roue avant, j'ai un peu regretté. J'avais beaucoup marché et je commençais à être fatigué, j'ai vu un étroit rebord en béton sur le mur d'un immeuble et je m'y suis assis. Ensuite, je me suis fait des reproches, pourquoi avais-je donc autant marché, jusqu'à en être fatigué ?

A cet instant, j'ai vu un policier en uniforme qui venait dans ma direction à bicyclette. Il semblait patrouiller dans le quartier, il scrutait les alentours en roulant lentement. Lorsqu'il m'a vu, il s'est approché sans me quitter des yeux. Ça m'a un peu déstabilisé, mais je me suis dit qu'il n'avait sans doute pas de dessein particulier et j'ai fait de mon mieux pour rester impassible. A vingt-deux heures passées, j'étais assis seul dans une ruelle isolée et déserte. Vu la situation, il semblait inévitable qu'un policier se pose des questions. Je me suis appliqué à rester calme, en me préparant à l'accueillir. Pensant qu'il serait peut-être au contraire bizarre de ne pas le regarder, j'ai tourné vers lui un regard détaché. J'ai fait en sorte d'avoir l'air de me faire une réflexion banale, du genre, c'est rare de voir un policier dans le coin.

— Vous avez un problème ? m'a-t-il demandé.

Ça y est, il m'interrogeait, ça m'enquiquinait un peu. Il était jeune, à peu près de mon âge. J'avais imaginé un visage énergique et débonnaire, mais il portait des lunettes, avait les yeux ronds et les joues un peu rebondies. J'ai tiré sur la cigarette que j'avais entre les doigts et recraché la fumée en l'air. Et puis j'ai décidé de faire comme si j'avais un peu bu.

— Non, c'est juste que je suis un peu soûl, alors je fais une petite pause. Je ne vais pas tarder.

— Ah, je vois, mais l'endroit n'est pas très sûr, alors dépêchez-vous de rentrer.

— Pas très sûr ? Il s'est passé quelque chose ?

— En ce moment, il y a une recrudescence de vols à l'arraché. Qui visent surtout des jeunes femmes.

— Des vols à l'arraché ? Ah, c'est vrai, j'ai vu pas mal de panneaux de mise en garde.

— C'est ça. Faites attention, même si vous êtes un homme, ça peut être votre tour demain, donc ne tardez pas trop.

— C'est compris, merci.

— Je vous en prie. Au revoir.

Il m'a adressé un petit signe de tête et s'est remis à pédaler. Je n'avais pas l'air de l'intéresser. Peut-être parce que j'avais parlé avec un policier, j'étais un peu fébrile. Je pense que cela venait du stress de savoir que j'avais une arme chez moi et du soulagement que la conversation ait pris fin. Emporté par mon excitation, j'ai interpellé le policier. Il a freiné et, le visage tourné vers moi, m'a demandé ce qu'il y avait. J'étais d'excellente humeur, allez savoir pourquoi, j'avais envie de me faire bien voir, je sentais en moi une envie de le flatter. Je réalisais que j'en faisais trop, mais je ne voyais pas de raison de me réfréner.

— Euh, par hasard, vous n'auriez pas trouvé de la drogue dans le quartier ?

— Pardon ?

— Oui, de la drogue, quelque chose dans ce genre, vous en avez trouvé par ici ?

En m'entendant, le policier a changé d'expression, il est descendu de son vélo et s'est approché. Il m'a semblé qu'il émanait de lui une ambiance différente. J'étais un peu tendu, mais en même temps, j'avais envie de voir comment les choses allaient tourner.

— Je vous demande pardon, mais pourquoi me posez-vous cette question ?

— Non, c'est que récemment, j'ai vu un policier avec un chien. Un chien de détection, c'est ça ? C'est ce qu'il m'a semblé, en tout cas. Donc, je me demandais s'il y avait eu un incident de ce genre.

— Effectivement, mais je ne peux pas vous en dire plus à cause de l'enquête. Je suis désolé. En fait, moi-même je ne dispose pas des détails. Mais c'est un fait qu'il y a quelques jours, la police métropolitaine a arrêté une bande impliquée dans un trafic de stupéfiants. Vous m'excuserez, mais pourquoi cette question ?

Il ne me quittait pas des yeux. Je me suis demandé ce qu'il ferait si je me troublais maintenant, mais je n'ai quand même pas poussé le bouchon si loin. J'ai tiré lentement sur ma cigarette et j'ai souri. Ensuite, j'ai goûté la tension que je sentais en moi.

— En fait, pour mon mémoire, je travaille sur les déviances. J'étudie les données et les méthodes de prévention relatives à la drogue et au suicide, par exemple, alors ça m'intéresse.

— Votre mémoire ? Pour l'université ?

— Oui. Notre professeur nous recommande de ne pas nous appuyer uniquement sur les textes, mais d'aller voir aussi à la police et dans les établissements pénitentiaires pour mineurs. C'est pourquoi je vous ai posé la question. Désolé. Quand j'ai bu, je parle un peu trop, ai-je répondu.

Il a eu l'air déçu, mais rassuré aussi. Avec un petit soupir, il m'a dit qu'il aurait bien voulu m'aider mais qu'il avait du travail, puis il m'a invité encore une fois à rentrer le plus vite possible. Je l'ai remercié et je me suis mis en marche dans la direction opposée. J'ai pensé que lui aussi avait dû s'amuser un peu.

En marchant, je me suis fait la réflexion que si j'avais eu le revolver sur moi, la tension aurait été encore plus vive. J'aurais peut-être éprouvé une angoisse et une peur insoutenables. Bien entendu, je n'aime pas l'angoisse ou la peur en tant que telles, mais le stimulus qui les accompagne m'intéresse. Quand j'en aurai envie, je me promènerai désormais avec l'arme. Ainsi, je ferai certainement des découvertes.

Au bout du compte, j'ai acheté un bento et du jus de fruit à la supérette et je suis rentré chez moi. J'étais fatigué, même mes talons étaient douloureux. Alors que j'approchais de la porte d'entrée, j'ai aperçu de la lumière à la fenêtre de la cuisine de l'appartement voisin et ça m'a surpris. Quelques jours plus tôt, des déménageurs avaient transporté des affaires dans le logement jusqu'alors inoccupé, mais rien ne laissait supposer que quelqu'un y vivait. J'imaginais qu'il avait été loué pour servir de garde-meuble, mais j'ai compris à ce moment-là qu'il était habité. Mon appartement se trouve au rez-de-chaussée, le dernier de la rangée, et si j'entends parfois du bruit au-dessus, c'était jusqu'à présent plutôt calme. J'étais contrarié mais je ne pouvais rien faire. J'ai déverrouillé la porte et je suis entré chez moi. Une voix d'enfant s'est élevée de chez les voisins, il y avait un bruit de fond confus, sans doute la télévision. Ça m'énervait, j'ai écouté un album des Stones en haussant le volume pour étouffer les sons. Ensuite, je me suis souvenu de Yoshikawa Yûko et j'ai réfléchi au moment opportun pour lui téléphoner.

7 J'ai assisté à un cours, puis j'ai cherché Yoshikawa Yûko. Avec l'intention de faire comme si je la rencontrais par hasard, j'ai gagné la cafétéria et fait le tour des coins fumeurs en extérieur. En réalité, ça ne m'aurait pas gêné de ne pas la trouver, mais je me suis quand même acharné à la chercher. Comme elle était inscrite en faculté de lettres, j'ai aussi parcouru ce bâtiment-là, sans résultat. J'allais laisser tomber mais finalement j'ai décidé de lui téléphoner. J'aurais tout aussi bien pu m'en dispenser, mais je voulais respecter le programme que je m'étais fixé et l'inviter à déjeuner. En écoutant la tonalité d'appel, je me suis fait la réflexion qu'aujourd'hui j'étais entreprenant. Et aussi que, quel que soit le but poursuivi, ce n'était pas si mal d'être dynamique.

Au bout de sept sonneries, j'ai raccroché. Sans raison précise, j'ai pensé qu'elle devait être avec un autre. J'ignorais si elle avait quelqu'un, c'est juste une impression que j'avais. Si son mec était du genre désinvolte, il fallait que je joue le garçon à l'écoute ; inversement, si c'était un jaloux dépendant, il fallait que je me montre désinvolte. Quoi qu'il en soit, lui courir après au téléphone n'était pas un bon plan, je devais laisser tomber pour aujourd'hui. Elle finirait bien par m'appeler.

Dans mon sac, il y avait l'arme. Je l'avais d'abord glissée dans une pochette en cuir noir solidement fermée par un lien, que j'avais rangée dans mon sac d'étudiant. Cette pochette en cuir, de fabrication américaine, coûtait cher mais elle était bien conçue, elle enveloppait l'arme en entier et, plus que tout, son design sans fioritures me plaisait. Depuis que je sortais avec le revolver, j'étais plus attentif à mon comportement. Si jamais j'oubliais ce sac quelque part ou qu'on me le volait, ce serait ma perte. Mes journées étaient pleines d'une agréable tension, je sentais en permanence un stimulus émanant du plus profond de mon corps, comme un aiguillon. La conscience de posséder une arme m'accompagnait dans quasiment tous mes faits et gestes. En plein cours, je sortais souvent la pochette en cuir de mon sac pour la poser sur ma table. Le cuir raide dissimulait les contours anguleux de l'arme, de l'extérieur, on ne pouvait deviner son contenu. Je la contemplais, la caressais parfois pendant les cours ennuyeux. Evidemment, lorsqu'un ami comme Keisuke était dans les environs, j'évitais de le faire. Si, pour une raison ou une autre, quelqu'un s'emparait de cette pochette, tout cela dépasserait le cadre de la tension et de la stimulation pour se présenter sous la forme d'un problème concret.

J'étais assis seul sur une chaise du coin fumeurs, dans le bâtiment de littérature qui m'était peu familier. En proie à l'ennui, j'ai sorti la pochette en cuir de mon sac. Les cours avaient dû commencer, il n'y avait personne aux alentours. J'ai été tenté de sortir l'arme de sa pochette, mais je me suis retenu. J'ai allumé une cigarette et songé à ce que j'allais faire ensuite. J'ai envisagé de téléphoner à la fille avec qui j'avais couché l'autre jour, mais ça me barbait un peu.

A cette période, je réfléchissais à l'utilisation du revolver. Ce n'était pas la première fois que j'y pensais, mais ces derniers temps, c'était de plus en plus fréquent. L'acte d'utiliser l'arme m'habitait continuellement, quand cette présence grandissait je l'étouffais, et quand elle diminuait j'y revenais. Jusqu'à présent, j'avais pris mon pied à l'idée de tirer, mais peu à peu, comme par autoprolifération, elle avait acquis une certaine réalité et me harcelait. Jusqu'alors, j'avais situé cet acte dans un avenir lointain et indéterminé. Mais depuis que je portais l'arme sur moi, j'avais commencé à sentir que ce n'était qu'une question de temps. J'étais en mesure de m'en servir à tout moment, de jour en jour cette possibilité se renforçait et s'imposait à moi comme une évidence. Chaque fois que je regardais l'arme, que je la touchais, une image de moi en train de faire feu surgissait concrètement dans mon esprit, et comme si elle cherchait à s'échapper du cadre étroit de mon imagination, cette image tentait d'établir un lien avec la réalité tangible. Je tirerais un jour, c'était un fait indéniable, je commençais à le penser. Moi qui possédais une arme, qui me trouvais à tout moment en position de jouir de la réalité de ce tir, j'y aspirerais forcément un jour, bref, je finirais par tirer. Cette certitude rapprochait l'avenir lointain, réclamait le premier tir, comme animée d'une personnalité propre. Cet avenir à l'aboutissement annoncé attendait de moi d'être rapidement mis en œuvre. Cette exigence enflait progressivement au point de me déstabiliser, elle me retenait prisonnier, ne me lâchait plus. Il fallait que je tire, au moins une fois. Sinon, je serais condamné à répéter à l'infini ce soliloque et, à coup sûr, je deviendrais fou.

Il me semblait que l'acte de tirer avait commencé à passer d'un choix volontaire de ma part à une décision arrêtée à mon insu, dépassant mes prévisions. Ce processus m'inquiétait un peu et j'ai tenté d'y réfléchir posément, mais mon esprit a commencé à fatiguer et j'ai abandonné. Je pouvais bien en penser ce que je voulais, la décision était déjà prise. Alors je me suis persuadé que c'était mieux comme ça.

Mon portable a sonné, c'était Yûko. Avec le sentiment d'être sauvé, j'ai répondu d'une voix enjouée. Elle m'a expliqué qu'elle dormait, elle a même bâillé bruyamment, mais je ne l'ai pas crue. Pour moi, elle était avec un homme. Après avoir brièvement pesé le pour et le contre, je lui ai dit que je pensais qu'on pourrait déjeuner ensemble parce que je n'avais rien à faire, mais que ce n'était pas grave. Elle a dit que maintenant qu'elle était debout, elle allait venir à la fac. Puis elle a ajouté qu'elle m'appellerait à son arrivée et elle a raccroché.

En l'attendant, il fallait que je m'occupe à quelque chose. Après mûre réflexion, j'ai décidé d'aller à la bibliothèque jeter un coup d'œil aux journaux. Aux informations télévisées, tout tournait autour des événements en Afghanistan et aux Etats-Unis, il n'y avait plus rien sur l'homme mort près de l'Arakawa. Je pensais que dans le journal, il y aurait peut-être un article, et qu'à la bibliothèque je pourrais consulter en même temps les éditions de plusieurs jours. Mais je me suis étonné d'avoir d'abord envisagé cela comme un passe-temps. Normalement, cela aurait dû se trouver au cœur de mes préoccupations quotidiennes. Je me l'étais promis dans les toilettes chez la fille, j'avais décidé de faire preuve de prudence. Assis sur ma chaise du coin fumeurs, je suis resté immobile un moment, interdit. N'étais-je pas trop obnubilé par l'arme ? J'ai pris peur.

J'étais sensible à tout ce qui touchait à l'arme elle-même, mais pas à la situation dans laquelle je me trouvais. Je m'inquiétais de policiers lancés à ma poursuite, mais sans me soucier des mesures à prendre. J'ai foncé à la bibliothèque. Si jamais la police changeait d'avis pour conclure à un suicide, l'enquête se focaliserait sur ce qu'il était advenu de l'arme. Et s'ils canalisaient leurs efforts dans ce sens, ils élargiraient peut-être leurs investigations aux simples particuliers.

J'ai appelé Yûko pour lui donner rendez-vous dans une heure, elle était d'accord. J'ai feuilleté les journaux, parcourant chaque page, m'attardant sur les entrefilets. La majorité des articles ne m'étaient d'aucun intérêt. Quels endroits en Afghanistan les Etats-Unis avaient-ils bombardés, cette stratégie serait-elle payante, tout cela ne me concernait pas dans l'immédiat. Comment le Japon réagissait-il, se laisserait-il entraîner dans cette opération, cela non plus n'éveillait pas mon intérêt pour l'instant. Un enfant était mort suite à des brimades, ses parents portaient plainte contre l'école et les élèves impliqués. Un incendie avait éclaté, on ne savait pas s'il était d'origine criminelle ou accidentelle. Il y avait eu une fête. Un détournement de fonds, le coupable était en fuite. Une découverte scientifique. Une collision entre deux camions. Quelqu'un s'était fait renverser. Un intellectuel dont je n'avais jamais entendu parler exprimait son opinion sur les Etats-Unis et prodiguait des conseils au gouvernement japonais. Des hommes politiques argumentaient en se prenant très au sérieux. Deux artistes étaient morts. J'avais l'impression que l'information que je cherchais ne figurait dans aucun journal. J'ai compulsé divers quotidiens, les yeux rivés sur les pages. Chaque journée croulait sous les nouvelles. Et l'homme mort le long de l'Arakawa avait perdu la bataille de l'information. La recherche prenait du temps. J'aurais dû donner rendez-vous à Yûko dans deux heures, je regrettais un peu. Et si je m'étais astreint à faire ça tous les jours, ça ne m'aurait pas demandé autant de temps. Fatigué de me concentrer, traînant un découragement croissant, j'ai continué à tourner les pages.

L'article occupait plus d'espace que je ne m'y attendais, il m'a sauté aux yeux. Il m'a littéralement soudain sauté aux yeux, me donnant un petit coup au cœur. J'en étais arrivé à la date du 22 et l'article était bien là. L'identité de l'homme trouvé près de l'Arakawa avait été établie, il s'appelait Ogiwara Keiichirô. Il avait cinquante et un ans et dirigeait un bar à hôtesses, les informations le concernant étaient précises. En sentant les battements de mon cœur s'accélérer, j'ai poursuivi ma lecture. La police continuait à pencher pour un assassinat. Le bar où l'homme travaillait était aux mains de la pègre, des problèmes d'argent avaient pu surgir, estimait l'article. Dans un autre journal daté du même jour, les informations étaient similaires. Simplement, on n'y parlait pas d'un bar à hôtesses mais d'un *fashion health* et le nom du groupe de yakuzas était précisé, de même que le fait que l'établissement proposait des services de prostitution. Pas un mot dans les autres journaux, et les deux qui en parlaient n'avaient rien publié dans l'édition du lendemain. Soulagé, j'ai gagné le coin fumeurs et allumé une cigarette. Elle avait plus de saveur que jamais, et mon léger affolement m'a donné envie de rire.

Il devait pourtant s'agir d'un suicide, ai-je pensé, et je me suis penché sur la question. Ce jour-là, l'homme avait la main gauche mollement tendue en avant, la droite reposait vers le bas. Et près de cette main droite – il était sans doute droitier – gisait le revolver. Si l'homme avait été abattu, le coupable aurait-il abandonné son arme sur place ? Surtout s'il s'agissait d'un yakuza, il devait en avoir besoin, non ? Et il aurait laissé une pièce à conviction, un inconvénient supplémentaire pour lui. J'ai raisonné, échafaudé des hypothèses. En l'absence d'arme, la police ne pouvait que conclure à un assassinat. N'avait-on pas trouvé de message d'adieu à son domicile ? J'ai examiné ce point ; sur place, en tout cas, il n'y avait pas de papier susceptible de tenir ce rôle. Il aurait pu être dans sa poche, mais si la police estimait avoir affaire à un crime, c'était sûrement parce qu'ils n'avaient rien trouvé. Au terme d'une méditation approfondie, j'en ai conclu que c'était moi le plus proche de la vérité. Si cet homme s'était suicidé, j'étais le seul à savoir qu'il y avait eu une arme sur les lieux. La police s'était fort probablement fourvoyée et l'enquête allait sans doute s'étioler sans que la méprise soit rectifiée. Mais je ne pouvais pas croire que les choses se dérouleraient aussi facilement. Je devais éviter les conclusions hâtives. Et je devais rester sur le qui-vive. Je me suis obligé à bien prendre conscience de la situation où je me trouvais actuellement.

Mon portable a sonné, c'était Yûko. Elle a dit plusieurs fois qu'elle avait faim, m'a signalé qu'elle était à la cafétéria et a immédiatement coupé. Je me suis dirigé vers la cafétéria, où je l'ai cherchée en vain. Je me suis demandé ce que cela signifiait et puis j'en ai eu marre et j'ai décidé d'aller m'asseoir. Pour une fois, il y avait beaucoup de places libres, j'avais le choix. Ensuite, en fumant une cigarette, j'ai encore gambergé sur les causes du décès de l'homme de l'Arakawa, les moyens de collecter des informations et les complications à prévoir si je ne m'y attelais pas sérieusement.

Quelqu'un m'a asséné une tape sur la tête par-derrière, je me suis retourné, Yûko était là. Je me suis rebiffé, pourquoi me tapait-elle toujours sur le crâne, mais elle a répondu que c'était de ma faute. L'air de mauvaise humeur, elle m'a dévisagé. Je ne sais pas pourquoi mais soudain, tout ça m'a gonflé.

— Quand même, tu pourrais chercher un peu mieux. Tu abandonnes trop vite. C'est pas cool. Ça me déplaît.

— Ça te déplaît ? J'ai pensé que tu étais aux toilettes, c'est tout. Dans ce cas, le mieux était de m'asseoir près de l'entrée, non ?

— Pff, dit comme ça, ça sonne vrai, mais quand même, ça me déplaît, a-t-elle répondu, et elle a continué à râler un moment.

Elle insistait, je l'ai écoutée mais j'en ai tout de suite eu ma claque. D'après elle, il me manquait quelque chose. Comme je ne voyais pas ce qu'elle voulait dire, je lui ai demandé des précisions. Elle me trouvait cassant, elle avait l'impression que je ne la prenais pas au sérieux. Quand elle m'a dit ça, ça m'a étonné. Je l'invitais à déjeuner, j'allais à nos rendez-vous et nous discutions toujours longuement. Je le lui ai dit, elle m'a regardé dans les yeux, l'air de réfléchir.

— Non, c'est pas ça, bon, vu qu'on n'est pas ensemble, en un sens c'est normal, mais comment dire, mmm, j'arrive pas à trouver les mots, peut-être que tu te comportes de la même façon avec tout le monde. Comment dire, il y a quelque chose, on ne sait pas trop ce que tu penses.

— Je ne comprends pas bien.

— Bon, bref, j'ai horreur qu'on se montre froid avec moi, a-t-elle lancé, puis elle s'est assise et a allumé une cigarette. Ensuite elle a dit, à cause de toi, j'ai recommencé. Je ne savais pas trop de quoi elle parlait, sans doute de la cigarette, j'ai eu un petit rire. Et à ce moment-là, j'ai eu envie de la caresser dans le sens du poil.

— Mais tu sais, ai-je dit, je suis peut-être froid, comme tu dis, mais pas avec toi. Ça peut paraître bizarre, mais je ne suis pas comme ça avec tout le monde.

— Je te crois pas. Je suis sûre que tu fais le coup à toutes les filles pour les embobiner.

— Bon, laisse tomber.

J'ai clos la discussion et changé de sujet. Mais j'avais du mal à me concentrer sur la conversation. Elle a rebondi sur le sujet que j'avais lancé et parlé d'un tas de choses, mais je ne l'écoutais que d'une oreille. Je pensais que si la police découvrait un lien entre l'homme de l'Arakawa et moi, cela ne pouvait être que sur la foi des informations d'un témoin de ce jour-là, un témoin que je n'avais pas vu mais qui s'était peut-être trouvé quelque part. Si une telle personne existait, les choses allaient se compliquer. Mais dans ce cas, j'aurais déjà dû être approché par la police d'une manière ou d'une autre. J'ai continué à discuter avec Yûko tout en cogitant là-dessus. Nous avons déjeuné et je suis resté assis avec elle jusqu'en fin d'après-midi.

Quand je suis arrivé chez moi, la nuit était déjà tombée et il faisait très frais. J'ai acheté une canette de café chaud au distributeur près de mon immeuble et, tout en la secouant verticalement, j'ai parcouru la courte distance jusqu'à ma porte. Pendant ce temps, j'ai surtout pensé à Yûko. Aujourd'hui encore elle portait une jupe courte et, quand elle se penchait en avant, sa poitrine pâle se laissait apercevoir. J'étais satisfait de mon comportement de la journée. Demain, je lui proposerai d'aller prendre un verre. Mais si je passais à l'action maintenant, j'avais l'impression que mon plaisir s'évanouirait, j'ai un peu hésité. J'avais envie de coucher avec elle, mais si je le faisais, l'ennui prendrait sûrement le dessus. D'après mon expérience, c'était souvent le cas. Je prévoyais que la même chose se reproduirait et ça me fatiguait d'avance. En fin de compte, ça fini-rait forcément par me gonfler à un moment ou un autre, alors j'ai arrêté d'y penser. Je me suis rappelé que si on pesait le pour et le contre, on renonçait à faire la plupart des choses. Si on s'at-tachait aux conjectures et aux suppositions, si on réfléchissait en profondeur à quelque chose et qu'on anticipait en s'y projetant, on n'agissait plus. Cette idée m'a fait un peu rire.

Lorsque je suis arrivé devant ma porte, j'ai entendu un enfant pleurer dans l'appartement voisin. Je savais que c'était une femme seule et un garçonnet en âge d'aller à l'école maternelle qui vivaient là. Il pleurait souvent et ça me gênait, mais c'était somme toute normal qu'un enfant pleurniche, je n'y pouvais rien. Cependant, les pleurs que j'entendais maintenant étaient un peu bizarres. Depuis l'appartement aux fenêtres closes me parvenaient en même temps les hurlements de la femme.

Je suis entré chez moi, les deux voix contrastées résonnaient encore plus fort. Je ne parvenais pas à distinguer les mots, mais la femme riait follement et l'enfant sanglotait désespérément. Des sanglots énormes, qui jaillissaient du plus profond de son corps, c'en était dérangeant. Je me rappelais que l'enfant était malingre, la puissance de ses sanglots s'accordait mal avec son physique. En plus de la voix féminine qui riait, j'entendais aussi une femme hurler, je n'y comprenais rien. Mais au bout d'un moment, j'ai réalisé que ces deux voix appartenaient à la même personne.

Ça me soûlait, j'ai mis de la musique pour étouffer les sons. Un morceau rythmé de préférence, j'ai choisi un CD du groupe Rage. En l'écoutant, je me suis dit à nouveau que c'était agréable d'écouter de la musique à plein volume. J'ai sorti le revolver de sa pochette en cuir, je l'ai astiqué puis soigneusement rangé dans la sacoche rectangulaire.

8 J'ai réfléchi où je pourrais utiliser le revolver, et j'ai opté pour la montagne. Pour cette montagne que je voyais toujours par la fenêtre du train qui me conduisait à l'université, et qui me semblait être un lieu sûr. J'ignorais son nom mais, là-bas, les maisons étaient rares et même s'il s'en trouvait une à proximité, le bruit ne s'entendrait sûrement pas, à condition que je m'enfonce profondément dans la montagne. En réalité, je me disais qu'inversement, dans un lieu bruyant, personne ne se rendrait compte de rien, mais j'avais envie d'entendre le son. Le bruit de l'explosion lorsque l'arme éjectait sa balle, le choc qui se propageait de la main au corps, la fumée, cette puissance, je voulais goûter à tout cela, sans rien en perdre. Quand j'y pensais, une excitation mêlée de nervosité m'enveloppait. Je voulais tirer tout de suite. C'était une sensation un peu étrange, mais je trouvais que j'avais de la chance.

En cours, un grand type en costume parlait inlassablement de la culture de l'islam et de son histoire. Il se laissait emporter, il était encore plus passionné que d'habitude. D'ailleurs, il me semblait qu'il était passé à la télé un jour. Mais j'ignorais s'il s'agissait réellement de lui et, de toute façon, cela ne me concernait pas.

Quand j'ai quitté la salle de classe, Keisuke m'attendait dehors. Il m'a parlé de filles, de vêtements, de montres. Il m'a dit, ces derniers temps je te vois souvent avec une fille, vous êtes ensemble ? Il voulait sans doute parler de Yûko. J'ai répondu non, mais j'ai des vues sur elle.

— Alors, tu te l'es pas encore faite ? Mais elle a l'air bonne. Y a pas à dire, tu as le coup d'œil. C'est une bombe. Si ça se trouve, t'es mordu ?

— Comment ça ?

— Eh ben, t'es amoureux ou quoi ? Si c'était le cas, qu'est-ce que je me marrerais, Nishikawa accro à une fille, ce serait le pied. Allez, on prend un verre ce soir ? Tu vas me raconter tout ça.

— Mais non, j'te dis, enfin, peut-être.

Keisuke avait l'air de s'amuser, alors j'ai joué le jeu. J'ai pris un air gêné et il a ri. Il a insisté pour qu'on se donne rendez-vous pour prendre un verre, mais j'ai refusé. Aujourd'hui, je voulais aller faire des repérages dans la montagne, là où j'avais décidé d'utiliser le revolver. En pratique, je n'avais pas besoin d'aller repérer les lieux, mais pour m'obliger à agir posément, je tenais à instaurer diverses étapes avant de tirer pour de vrai. J'avais décidé de prospecter le coin à la recherche de l'endroit le mieux adapté pour mon tir. A ces préparatifs aussi, je trouverais sûrement du plaisir.

Mon téléphone a sonné, c'était le numéro de la maison. Un peu surpris, j'ai annoncé à Keisuke que l'appel venait de mes parents. Je me suis arrêté et, après avoir répondu, je me suis assis sur un banc à côté. Keisuke s'est éloigné pour allumer une cigarette. C'était ma mère, je me suis de nouveau demandé pourquoi elle ne téléphonait pas sur le fixe, à l'appartement. Il me semblait que ce serait plus simple, si elle avait quelque chose à me dire, de laisser un message sur le répondeur. Elle a commencé par me demander comment j'allais et elle a été rassurée quand je lui ai dit que je me portais comme un charme. Elle était un peu bizarre, je m'étais déjà fait la réflexion la fois précédente. Entre parents et enfants, on devine ça à un geste ou à une impression infime, cela m'avait frappé. Il s'était sûrement passé quelque chose à la maison.

— Il s'est passé quelque chose, hein ? Si tu ne veux pas m'en parler, tu n'es pas obligée, mais s'il vaut mieux que je sois au courant, n'hésite pas. Hmm. Allez, c'est bon, dis-moi vite de quoi il s'agit, ai-je lancé.

Ma mère m'a dit d'une voix hésitante, ton père est à l'article de la mort. Je ne comprenais pas, je lui ai demandé de répéter. La dernière fois que j'étais rentré, mon père était en forme, à mille lieues de toute maladie ou hospitalisation. Nous étions allés prendre un verre ensemble et il m'avait pas mal parlé de son hobby, le golf. J'ai dit à ma mère, mais l'autre jour, il était en forme. Elle a gardé le silence un instant puis s'est excusée de ne pas trouver les bons mots. Ensuite, elle m'a annoncé, celui qui est sur le point de mourir, c'est ton père biologique.

— Bien sûr, ton père et moi, nous te considérons comme notre véritable enfant, tu sais. C'est évident, nous sommes une famille tous les trois, mais bon, j'ai beaucoup hésité, j'ai consulté ton père aussi, et nous avons conclu qu'il valait quand même mieux te prévenir, voilà, c'est que, celui qui est ton père, enfin non, ton père c'est papa, alors je vais dire lui, lui, tu lui en veux sans doute et en réalité, il vaudrait mieux l'oublier, pour toi comme pour nous, mais l'autre jour l'institut a appelé, ils ont dit qu'il allait bientôt mourir, et aussi qu'il souhaitait te voir, c'est ce qu'ils ont dit, nous avons beaucoup hésité mais en fin de compte nous avons décidé de t'en parler et de te laisser choisir si tu voulais lui rendre visite ou non. Ça doit faire quinze ans que tu ne l'as pas rencontré, je ne pense pas que tu te souviennes de son visage, oui c'est ça puisque tu avais environ six ans quand tu es devenu notre fils. Pardon, tu dois être étonné, voilà, qu'est-ce que tu en penses, c'est-à-dire, désolée de te prendre de court.

Ma mère parlait avec volubilité et on aurait dit qu'elle s'était mise à pleurer. Je ne comprenais pas pourquoi elle pleurait, mais, la voix chevrotante, elle avait parlé d'une traite, comme pour vider son sac. C'était inattendu et j'étais un peu déconcerté, mais comme je m'attendais à pire, je me suis senti soulagé. Je comprenais néanmoins que la situation était grave. Alors, j'ai réfléchi à ce que je pourrais dire, à ce qui serait le mieux pour eux. C'était délicat, mais il m'a semblé qu'il valait mieux annoncer sans détour que j'irais. Si je feintais en disant que je ne voulais pas le voir, cela reviendrait à avouer qu'il tenait toujours de la place dans mon esprit, me semblait-il. Et dans ce cas, mes parents s'imagineraient que je nourrissais encore des sentiments à son égard. Mais y aller gaillardement ne serait pas approprié non plus. Trouver un terrain intermédiaire me paraissait compliqué. Pourtant, je devais le trouver, je ressentais confusément cette sorte de pression extérieure.

— A l'époque, quand tu es arrivé chez nous, la personne de l'institut nous a dit que dans ce genre de cas, en particulier lorsque les parents biologiques sont encore en vie, l'enfant était souvent perturbé, qu'il faudrait du temps avant que tu nous considères comme tes parents et que nous devions être patients. Souvent, l'enfant refuse de s'alimenter ou essaie de s'enfuir, même si les parents étaient horribles, il peut réclamer de retourner auprès d'eux en pleurant. Mais toi, tu nous as immédiatement appelés papa et maman, tu étais très souriant et tu n'étais pas déprimé non plus, tu ne pleurais pas, nous étions ravis, tu nous avais acceptés et nous en étions vraiment heureux, mais quand j'y repense, en fait, j'ai l'impression que tu faisais cela pour nous, tu étais un gentil garçon, attentionné aussi, comment dire, pour un enfant, tu comprenais presque trop bien les choses.

Ma mère a été incapable de continuer et mon père a pris le téléphone. Il m'a d'abord demandé si j'étais surpris, j'ai répondu, oui, en effet. Ensuite, il m'a dit, tu peux prendre ton temps, mais s'il te plaît réfléchis, vois si tu y veux aller ou non. Je me demandais pourquoi mon père était à la maison à cette heure et je lui ai posé la question. Alors il m'a répondu, la retraite approche, je rentre plus tôt maintenant.

— Si tu n'as pas envie d'y aller, ce n'est pas grave, c'est tellement inattendu, en plus. Désolé, hein, prends ton temps pour réfléchir.

— Ouais, bon, je vais y aller. Il va mourir et il veut me voir, c'est ça ? Moi ça m'est égal, mais je vais y aller ; honnêtement, ça me fait suer, mais bon. Si je n'y vais pas et qu'il m'en veut, c'est flippant, ah tiens, au fait, pardon mais ce mois-ci je suis un peu juste, tu pourrais pas m'envoyer dix mille yens, s'il te plaît ? Vraiment désolé. Je suis pas mal sorti, enfin non, j'ai eu plein de choses à acheter et je n'ai plus assez pour un dictionnaire.

— J'ai bien entendu, tu as dit que tu étais sorti ? m'a demandé mon père, et il a eu un petit rire.

— Non non, je me suis trompé, je t'assure, c'est vrai, mais sérieux, faudrait vraiment que tu m'envoies ça.

— C'est bon, c'est bon. Mais tu bosses sérieusement, hein ? Ah, si jamais tu y vas, je pense que M. Yamane t'accompagnera. Il va sans doute t'appeler aussi.

— D'accord. Bon, on dirait que maman pleure, va la taquiner un peu. T'as qu'à lui dire que c'est l'âge, tiens. J'ai mon cours qui va commencer, je te laisse, ai-je dit, et j'ai raccroché.

J'ai un peu réfléchi, mais, franchement, ça m'était égal. Je ne me souvenais quasiment pas de cet homme et je n'éprouvais rien à son égard, aucun ressentiment. On m'avait dit un jour que sa femme l'avait quitté et qu'il passait son temps à boire. Et aussi que partager cette vie avec lui aurait été dangereux pour l'enfant que j'étais. Mais pour moi, tout ça n'était que de simples informations mises en mots.

Keisuke me regardait avec inquiétude, mais je ne lui ai rien dit. Avant, dans ce genre de situation, j'aurais lancé que mes parents n'étaient pas mes vrais parents et que j'avais été placé en institution, et j'aurais pris plaisir à observer sa réaction, mais plus maintenant. Pour une raison mystérieuse, Keisuke me prenait avec des pincettes. Il avait sans doute interprété comme il le pouvait ma conversation téléphonique.

— Bon, je vais faire un saut chez la fille, ai-je dit afin de le quitter.

— Hein ? Ah, tu vas voir la bombe, comment elle s'appelle ?

— Non, pas elle, tu sais, celle avec qui j'ai couché l'autre jour, je vais aller la voir. Et son nom, c'est Yoshikawa. Celle dont tu parlais. Yoshi-kawa Yûko. Je te préviens, t'as pas intérêt à lui tourner autour.

— Hein ? Pourquoi tu vas chez l'autre ? T'es pas censé être amoureux ? Mais qu'est-ce que tu fabriques, jette-la, cette meuf !

— Justement, autant baiser le plus possible, non ? Avec Yûko, ça peut attendre. Puisque c'est sérieux.

— Justement, si c'est sérieux... ouais, bon, laisse tomber. Allez, file. Mais fais gaffe à pas te faire griller par Yûko.

— Ouais, t'as raison.

Ensuite, je me suis réellement décidé à aller chez la fille. Je n'en avais pas particulièrement envie, mais je l'avais dit, alors j'ai pensé, autant aller jusqu'au bout. J'agis souvent sur la base d'une idée lancée à l'impromptu. J'ai cherché sur l'écran de mon portable son numéro de téléphone et je l'ai appelée. Comme je ne savais pas son

nom, je l'avais enregistrée sous un simple caractère, le katakana *to*. Elle a répondu d'un ton
enjoué et a accepté sans façon que je vienne la
voir dans la foulée. Elle m'a demandé si je voulais
dîner, j'ai répondu non. J'aurais tout aussi bien pu
manger avec elle, mais, pour voir, j'avais envie d'y
aller uniquement pour le sexe. Ça n'avait aucun
sens, mais j'en avais décidé ainsi. Je suis allé chez
elle et, après une brève conversation, je l'ai sautée.
Mais au début, ça n'a pas bien marché. En partie
parce que je n'étais pas si intéressé que ça, et aussi
parce que je ne ressentais plus l'attrait de la
nouveauté. C'est seulement après l'avoir pénétrée
que j'ai complètement bandé. Elle a pas mal crié,
mais je ne pense pas qu'elle ait pris son pied à ce
point. Je me suis dit qu'à coup sûr, la première
fois qu'elle avait couché avec moi, elle n'avait pas
non plus joui.

Ensuite j'ai dormi, et j'ai fait tout un tas de
rêves. J'ai réalisé à plusieurs reprises que je rêvais,
mais je n'arrivais pas à prendre le dessus. Lorsque
je me suis réveillé, comme la fois précédente, la
fille préparait quelque chose à manger de l'autre
côté du rideau. Je me suis demandé si c'était
encore des toasts, mais c'était seulement du café.
D'après elle, j'avais dormi seize heures. Au début,
j'ai cru qu'elle mentait mais c'était vrai. J'ai pensé
au revolver et j'ai vite cherché mon sac des yeux.
Mais je me suis tout de suite rappelé qu'aujour-
d'hui je ne l'avais pas sur moi. Mon portable a

sonné, c'était Yûko. J'ai un peu hésité, mais j'ai décidé de le laisser sonner jusqu'à ce que ça coupe. La fille est restée sans réaction. Il s'est écoulé un long moment avant que la sonnerie du téléphone s'arrête.

9 Lorsque je suis sorti de chez la fille, il faisait déjà sombre et j'étais trop fatigué pour me lancer dans quelque chose. Au moment où j'allais partir, elle s'était collée à moi et avait rassemblé ses forces pour me renverser sur le lit. Je l'avais laissée faire en me disant que la veille, elle n'avait certainement pas eu de plaisir. Elle aimait faire l'amour. Sans doute que peu de gens détestent ça, mais elle semblait avoir un goût particulier pour la chose.

J'ai renoncé aux repérages dans la montagne, mais j'avais conscience que, quelque part, j'avais fait exprès de retarder ce moment. Lorsque j'avais pris ma décision, cela m'avait terriblement soulagé de penser que tout ça était encore loin, je m'étais senti rasséréné. Mais c'était plutôt étrange. Parce que j'étais censé avoir envie de me servir de l'arme.

L'acte de tirer, comme s'il avait acquis une personnalité, me poussait à le mettre en œuvre le plus vite possible et, par moments, cette existence me répugnait. Je sentais que cette aspiration devenait peu à peu insoutenable et que pour m'en débarrasser il me fallait tirer le plus tôt possible. Cependant, je souhaitais prendre du recul. Comme pour apaiser cette présence en moi, j'avais instauré l'étape du repérage. Mais si j'allais faire les repérages, le désir de tirer ne tarderait pas à me rendre fou. Ou plutôt, le tir s'imposerait à moi comme une réalité. J'ai allumé une cigarette et songé un moment à cette question. Je voulais réfléchir à mon désir d'utiliser l'arme, à l'origine de ma pulsion, et à cette pulsion elle-même. J'avais envie de tirer, c'était un fait indéniable.

Je me suis demandé si je n'avais pas peur. Si j'effectuais les repérages, j'aurais envie de tirer. Si j'avais envie de tirer, je le ferais tôt ou tard. Si je tirais une fois, je voudrais recommencer. J'ai eu l'impression que j'appréhendais d'être pris dans cet engrenage, que je redoutais cet enchaînement de circonstances. Mais quelle pouvait bien être la raison de cette peur ? Il s'agissait simplement de tirer. Je craignais peut-être de me faire prendre, mais c'était l'objectif des repérages, si la situation n'était pas totalement sûre, je ne tirerais pas. Je me suis rappelé mon excitation du début, quand j'avais trouvé l'arme. Ce jour-là, malgré mon euphorie, j'avais essayé de garder la tête froide. C'était une tentative pour prendre du recul alors que je m'emballais. Aujourd'hui aussi j'essayais de porter un regard objectif sur moi-même au sein de ce processus. Mais prendre plaisir à la sensation de tirer sans le faire était devenu difficile. J'ai envisagé de revenir en arrière. De revenir aux conditions dans lesquelles j'avais trouvé l'arme, lorsque, en un sens, l'arme et moi étions sur un pied d'égalité. Mais c'était délicat. Elle faisait maintenant partie de moi, en exagérant, elle s'était immiscée dans mon esprit. C'était dans sa nature de faire feu et elle cherchait continuellement à me pousser dans cette direction. Pour choisir de ne pas tirer, il m'aurait fallu réintégrer mon moi d'avant. C'est-à-dire redevenir simplement moi-même, sans arme, réduit à ma seule existence. C'était difficile et, en même temps, cela m'était profondément odieux. Pour moi, la vie sans l'arme était devenue inimaginable. Le cours de mon existence façonné par l'arme me procurait une joie infinie, suivre ce processus, c'était en même temps vivre ma vie.

En arrivant près de chez moi, j'ai vu l'enfant de l'appartement voisin. Un sac plastique à la main, il avançait dans ma direction en poussant un caillou du pied. A la hauteur de son œil droit, une ecchymose faisait une tache rouge. J'ai pensé que c'était sûrement sa mère qui l'avait frappé. Sous son survêtement gris un peu sale, il était terriblement maigre. Sa mère ne semblait pas être dans les parages. Mon intérêt pour l'enfant s'est éveillé. Ou alors, j'avais peut-être juste besoin de me changer les idées.

— Dis-moi, tu t'es acheté des gâteaux ? ai-je lancé en m'appliquant à prendre un air inoffensif.

Vu de près, il arborait une marque rouge similaire au milieu du front, était affligé d'un strabisme divergent et sentait un peu mauvais, c'étaient sûrement ses cheveux trop longs en bataille. J'ai failli détourner la tête pour échapper à l'odeur, mais je me suis retenu. Et puis je lui ai demandé, toujours avec mon air inoffensif, comment il s'était blessé.

A cet instant, il s'est passé quelque chose de bizarre. L'enfant m'a brièvement dévisagé de ses yeux qui louchaient, puis il a jeté vers moi son sac en plastique et s'est enfui en courant. J'étais interloqué, mais je me suis immédiatement retourné dans l'intention de le poursuivre. Il courait vite et il était déjà bien plus loin que je ne m'y attendais. J'ai un peu hésité, si je lui courais après, on me prêterait sûrement des intentions malveillantes, alors j'ai abandonné. Je suis resté planté là un moment sans savoir quoi faire. Pour me calmer, j'ai allumé une cigarette.

J'allais me remettre en marche quand j'ai vu le sac en plastique tombé au milieu de la rue, je me suis dit que j'allais le pousser dans un coin. Mais alors, j'ai aperçu une écrevisse qui s'en était échappée. Ça m'a rappelé des souvenirs, j'allais l'attraper quand j'ai remarqué qu'il lui manquait ses deux pinces. J'ai ramassé le sac et regardé à l'intérieur. Dedans, un tas d'écrevisses grouillaient.

Pas une seule n'avait ses pinces. Elles entremê-laient leurs multiples pattes en remuant leurs courtes extrémités privées de pinces comme pour freiner quelque chose. Cet amas inextricable qui paraissait ne former qu'un seul être s'agitait et luttait contre le manque de place avec de drôles de crissements. Pris de dégoût, j'ai jeté au loin le sac et la masse rouge qu'il renfermait. Le sac en plastique lourdement lesté a atterri sur l'asphalte avec un petit bruit sec. Je me suis aussitôt éloigné, mais pendant un moment, il m'a été impossible d'oublier ce claquement.

Je suis retourné chez moi, où j'ai commencé par écouter de la musique. Mais, comme si elle avait attendu mon retour, la femme d'à côté s'est mise à hurler. Des bruits de verre cassé, des impacts de chocs parfois si violents que le mur en tremblait se succédaient sans répit. Après une brève hésitation, j'ai cherché le numéro du bureau de protection de l'enfance et j'ai téléphoné. J'ai expliqué la situation, donné mon adresse et le numéro de l'appartement voisin. L'agent m'a écouté avec attention. Je me suis senti un peu mieux, peut-être grâce à sa réaction. D'après lui, il ne s'agissait pas du premier signalement, quel-qu'un viendrait dès demain.

La voisine me répugnait horriblement. Je ne voulais plus entendre sa voix, et je ne supportais plus de voir l'enfant. J'ai entendu pleurer fort dans l'appartement d'à côté, on aurait dit que c'était la mère. Sentant mon humeur s'assombrir, j'ai mis le revolver dans la pochette en cuir et je suis sorti. J'ai décidé de me promener dans le quartier.

J'ai glissé la pochette en cuir dans la poche intérieure de ma veste. Personne ne pouvait soupçonner que j'avais une arme sur moi. Mon portable a sonné, c'était Yûko. Ça tombait bien, il faisait déjà nuit mais je lui ai proposé de se retrouver quelque part. Elle a un peu hésité, mais devant mon insistance elle a fini par accepter. Décidé à aller la chercher près de l'université, je me suis dirigé vers la gare. Mais à cet instant, l'odeur de l'enfant m'est revenue et j'ai eu la nausée.

10 C'était la première fois que j'allais à l'université la nuit. La lumière orange des lampadaires illuminait les abords, faisant vaguement ressortir les bâtiments dans la même couleur. Quelques fenêtres étaient éclairées, j'ai vu qu'il y avait encore du monde à l'intérieur. C'était sûrement des réunions de clubs ou quelque chose dans ce genre, il y avait aussi des gens dehors et, parmi eux, des couples bras dessus bras dessous. Pour une raison qui m'échappe, Yûko voulait se promener sur le campus. J'ai essayé de l'emmener prendre un verre quelque part, mais elle m'a dit avoir envie d'être au calme. J'ai acheté deux canettes de café chaud à un distributeur et lui en ai tendu une. Elle m'a remercié sans entrain. Je lui ai demandé plusieurs fois ce qu'elle avait, mais elle n'a rien répondu. Lassé de l'interroger, j'ai allumé une cigarette. Tout en palpant doucement ma veste à l'endroit où était le revolver, j'ai réfléchi au comportement à adopter.

— Désolée, je ne suis pas dans un bon jour. Je ne sais pas bien l'exprimer, mais ça m'arrive parfois. Il n'y a pourtant aucune raison. Par contre, je suis contente de voir quelqu'un. Je n'aime pas me montrer dans cet état, mais je n'ai pas envie d'être seule non plus. Tu ne dois pas trop comprendre ce que je raconte, mais merci.

Après avoir enfin ouvert la bouche, elle a décapsulé la canette de café que je lui avais donnée et en a bu une gorgée.

— Je t'en prie, et puis c'est moi qui t'ai invitée, je devais aller prendre un pot avec un ami et il venait avec sa copine, alors je me suis dit que si tu étais libre... mais c'est pas grave. En fait, moi non plus, j'avais pas tellement envie de sortir.

— Ah bon ? Vraiment ? Tu étais avec quelqu'un ? Ça ne pose pas de problème ?

— Non non, à ta voix, ça n'avait pas l'air d'aller, alors j'ai changé de programme.

— Mais, et ton autre rendez-vous ?

— C'est pas grave, il a une copine, il n'a qu'à prendre un verre avec elle.

Elle portait un jean, j'étais un peu déçu. J'ai de nouveau songé à ce que j'allais faire, et j'ai décidé de ne rien tenter aujourd'hui. J'ai regardé ses cheveux tombant sur ses épaules, ses grands yeux, la forme de sa poitrine visible même à travers son sweat-shirt, et je me suis imaginé en train de lui faire l'amour. Mais comme j'avais décidé de progesser lentement vers ce but, je me suis efforcé de ne pas trop y penser. Ce n'était peut-être pas très important, mais je voulais continuer ainsi.

— Et ton copain, tu ne peux pas lui parler ?

— Mon copain ? J'en ai pas. Faut pas rêver.

— Non ? Tu me fais marcher !

— Je ne te mens pas. Pour l'instant, j'ai pas envie d'entendre parler des garçons. C'est vrai, c'est pénible. Quand ça s'arrête. J'en ai ma claque. J'ai l'impression de me faire avoir. Je sais pas, comme si j'y laissais des plumes, mais je ne pense pas que les garçons comprennent ça.

— Y laisser des plumes ? Ah, mais si, je crois que je vois ce que tu veux dire.

— Non, tu ne vois certainement pas. Oh, c'est peut-être seulement moi, mais c'est ce que je ressens. J'en ai ras le bol. S'enferrer dans des histoires compliquées, se prendre la tête comme une idiote, non merci.

— Ah bon, qu'est-ce qui t'est arrivé ? Si tu ne veux pas m'en parler, tu n'es pas obligée.

— Rien de particulier. Ça arrive à tout le monde, ce genre de choses. Ça a beau être banal, quand même, ça fiche un coup, non ? Il y aurait presque de quoi en rire.

Sur ces mots, elle a ri toute seule. Elle semblait vraiment ne pas avoir le moral. Mais moi, j'étais très content d'être là. Appréhender son humeur, s'immiscer dans son esprit n'était pas évident, et pour cette raison, c'était intéressant. Vus de loin, nous ressemblions sans doute à un couple en train de discuter d'un sujet grave. Et personne ne se doutait qu'il y avait une arme dans ma veste.

Puis je me suis rendu compte que j'avais terriblement sommeil. Une torpeur m'a soudain envahi, comme submergé, sans prévenir. La lumière orange se brouillait, les paroles de Yûko m'étaient par moments incompréhensibles. J'ai bu du café pour rester éveillé et j'ai rassemblé mes forces pour me lever. Je lui ai proposé de marcher un peu.

— Quand même, j'en suis où, moi ?

— Comment ça ?

— Rien, laisse tomber. Je suis bizarre aujourd'hui. Pardon. Et puis j'arrête pas de m'excuser.

— C'est sans doute moi qui devrais m'excuser.

— De quoi ?

— Hein ? Oh, tu sais, il y a des jours comme ça où on a beau cogiter, rien ne va. Ça arrive. Ne t'en fais pas.

J'avais vraiment sommeil, j'ai étouffé plusieurs bâillements. L'esprit embrumé, je peinais à trouver mes mots. J'ai acheté un café noir glacé au distributeur. Je suis allé aux toilettes me passer le visage sous l'eau. Yûko me scrutait, elle m'a demandé à plusieurs reprises si ça allait. Je ne savais pas quoi répondre, alors j'ai juste eu un petit rire.

— Dis, il fait froid, tu veux aller chez moi ?
C'est en désordre, mais bon...

— Tu crois ?

— Eh bien, il fait froid, alors... j'habite près
d'ici, a-t-elle dit en me regardant.

J'ai un peu hésité, j'avais envie de faire une
réponse spirituelle. J'ai réfléchi à sa réaction,
j'étais un peu tendu, c'était plaisant. J'ai pris un
air désolé pour refuser.

— Si je vais chez toi, je crois que je n'arriverai
pas à résister. Je suis faible. Et puis toi, tu n'es pas
en forme, je risquerais de profiter de la situation.
Ce serait lâche, hein ? Tu ne veux pas réfléchir ? Je
ne suis pas comme les autres, je prendrai soin de
toi. Tu dois te demander ce que je raconte, mais tu
sais, je suis sérieux. Alors réfléchis-y, d'accord,
quand tu te sentiras mieux. J'attendrai ta réponse.

Quand j'ai eu fini, je l'ai regardée, elle avait
l'air étonnée. L'expression sur son visage m'a plu.
Elle a dit quelques mots à voix basse, je n'ai pas
bien entendu. J'ai eu l'impression que son visage
reflétait la joie, mais, bizarrement, je n'avais plus
envie de la regarder, j'ai détourné les yeux. Elle a
saisi ma main et a fait mine d'avancer ainsi, tout
contre moi. J'ai eu de nouveau très sommeil,
j'avais du mal à rester éveillé.

Pendant que nous descendions les escaliers en
pierre, elle a parlé avec volubilité. Elle disait
qu'elle ne me pardonnerait pas si je la trompais,
qu'elle aimerait bien qu'on parte en voyage

ensemble. Tout en luttant contre le sommeil, je lui ai répondu avec le sourire. Au pied de l'escalier, elle s'est soudain jetée dans mes bras. J'ai été pris au dépourvu, mais je n'ai pas perdu l'équilibre. Elle m'a enlacé, alors j'en ai fait autant. J'ai humé le parfum de sa chevelure. Cette fragrance me rappelait quelque chose, une vague inquiétude m'a envahi. Elle s'est progressivement répandue en moi, comme pour me faire oublier ma somnolence. Une douleur perçante m'a traversé la poitrine et l'envie confuse de quitter les lieux m'a saisi, j'étais oppressé. J'ai gardé son corps distraitement serré dans mes bras. Dans cette position, j'avais l'impression de flotter dans les airs, c'est difficile à définir, j'éprouvais une sensation étrange, j'étais incapable de bouger.

— Comment dire, a-t-elle lancé, et elle semblait pleurer. Parfois, j'ai envie de chialer. Je ne sais pas trop, tout un tas de choses remontent à la surface. Mais là, c'est plutôt agréable. Tu me verras sans doute encore dans cet état, mais merci.

J'ai hoché la tête, mais j'avais l'esprit quasiment vide. Je l'ai raccompagnée jusqu'à son immeuble et je suis parti quand le moment m'a semblé approprié. En chemin, je me suis mis à courir, je ne sais pas pourquoi. Quand je courais, l'arme dans ma veste bringuebalait de haut en bas. A chaque balancement, elle me frappait le flanc gauche. Ça faisait mal, mais je n'ai touché à rien. Pour me calmer, je me suis arrêté et j'ai fumé plusieurs cigarettes, je palpais sans raison la pochette en cuir où se trouvait l'arme.

J'ai pris le train et je suis descendu à la gare la plus proche de chez moi. Pendant tout ce temps, j'ai sans arrêt caressé la pochette en cuir, je la soupesais, glissant parfois ma main à l'intérieur pour être en contact direct avec le revolver. Je ne pensais quasiment à rien. Simplement, je touchais l'arme, m'assurais qu'elle était bien tout près de moi.

Je l'ai sortie de la pochette en cuir et l'ai glissée telle quelle dans la poche de ma veste. La main sur l'arme dans ma poche, j'ai goûté sa présence. Ainsi, je me sentais profondément rassuré, sans comprendre pourquoi. L'arme métallique était froide, j'avais beau la toucher, elle ne se réchauffait pas, pourtant elle m'apparaissait comme une partie de moi. Mon doigt était posé sur la détente, qui offrait de la résistance. Même sans abaisser le chien, l'arme pouvait peut-être faire feu, ai-je pensé, et j'ai ôté mon doigt de la détente. A cet instant, je me suis dit que je ne la connaissais pas bien encore. Cette pensée m'a vaguement attristé, mais j'ai saisi l'arme avec fermeté. J'ai eu l'impression que je n'avais jamais agrippé quelque chose aussi énergiquement. J'avais envie qu'elle m'aime, j'ai serré fort la main autour d'elle, mais elle n'a pas réagi. C'était prévisible, mais cela m'a confusément fait souffrir. Malgré tout, elle était tout près de moi.

J'ai gravi les degrés de la passerelle et j'ai avancé lentement, en regardant la route en contrebas. Dans ce passage bordé de plaques en plastique des deux côtés, les jambes étaient protégées des regards extérieurs, jusqu'aux hanches. Alors j'ai sorti l'arme de ma poche et j'ai marché en la tenant à la main. Cela n'avait pas vraiment de sens mais j'ai continué ainsi jusqu'aux escaliers, j'étais satisfait. Je marchais lentement et quand je suis arrivé en vue de mon immeuble, je suis reparti dans la direction opposée. Pour une raison obscure, je n'avais pas envie de rentrer. J'ignorais pourquoi, mais je ne voulais pas rentrer, c'était clair. J'ai acheté un café chaud à un distributeur et, en le buvant, je me suis dit que j'allais marcher jusqu'à ce que je sois fatigué. J'avais l'esprit embrumé mais pas par le sommeil, c'était autre chose cette fois-ci. La main serrée autour du revolver dans ma poche, j'ai sillonné lentement les rues sombres et silencieuses. J'ai traversé le quartier résidentiel, franchi le passage à niveau et longé le square.

Soudain, j'ai entendu un bruit, comme un vigoureux froissement d'herbes. J'ai pensé que ce devait être un chien ou un chat qui courait dans les buissons, puis je me suis demandé s'il n'y avait pas un cadavre. Comme je n'avais rien à faire, je me suis dirigé vers l'endroit d'où provenait le bruit, de l'autre côté de la clôture du square. Si c'était un cadavre, je pourrais me procurer un deuxième revolver, mais je n'y voyais pas grand intérêt. Mon arme me suffisait, je n'en voulais pas d'autre. Mais je n'allais quand même pas passer ma vie à découvrir des cadavres, cette pensée m'a fait rire. Et puis, si c'était un cadavre, il ne pouvait pas faire de bruit.

Je suis passé par-dessus la clôture et j'ai pénétré dans le petit parc. C'était un square classique, avec balançoires et toboggans. Le froissement continuait à se faire entendre. J'ai marché de long en large et j'ai réalisé que j'avais dépassé l'endroit d'où émanait le bruit. Une partie des herbes drues qui foisonnaient au pied de la clôture remuaient faiblement. Le bruissement venait de là. J'étais assez tendu, mais j'étais venu jusque-là et j'avais envie de découvrir la cause de ce bruit. Je me suis approché doucement, tentant de distinguer ce qui remuait dans l'herbe. J'avais un peu peur, mais pas autant qu'avant, lorsque je m'étais approché de l'homme étendu par terre au bord de l'Arakawa. Le mouvement des herbes me faisait penser qu'il y avait quelque chose à cet endroit. J'ai avancé avec les plus grandes précautions et, à tout hasard, j'ai empoigné l'arme dans ma poche.

La première chose que j'ai vue, c'est une masse sombre. Prise de convulsions terribles, elle se débattait, tentait de se dresser sur ses pattes comme pour garder tant bien que mal une position normale. Il m'a fallu un temps pour réaliser qu'il s'agissait d'un chat noir, au début, je n'ai pu que le contempler, l'esprit vide. Son échine humide reflétait la lumière des lampadaires en une traînée blanche et brillante qui m'aiguillonnait les yeux. Il m'a fallu encore un temps pour réaliser que ce qui ruisselait sur son dos était du sang. Peut-être à cause des mouvements de l'animal, les herbes alentour étaient couchées, l'enserrant dans un petit creux. En regardant plus attentivement, le sang formait une flaque avec le chat en son centre, tout était détrempé, même l'endroit où je me tenais à environ deux mètres. La quantité de sang m'a surpris mais, plus que tout, j'étais fasciné par la violence des spasmes, je ne pouvais pas détourner mon regard. Le chat noir, la tête et les pattes avant plaquées contre l'herbe recouvrant le sol, tentait de toutes ses forces de se dresser sur ses pattes arrière. Et à chaque convulsion de sa nuque et de son échine, son corps était pris de soubresauts violents et irréguliers. Son cou était cloué par terre à un angle bizarre qui laissait imaginer qu'il ne pourrait plus le redresser normalement. J'ai reculé, je voulais quitter cet endroit, mais j'en étais incapable, je restais planté là à observer la scène. Le chat noir a eu un haut-le-cœur, ses vomissures se sont mêlées au sang. Dans le sang qui l'entourait, j'ai distingué ce qui ressemblait à une carapace d'écrevisse, ça m'a étonné. Les écrevisses m'ont fait penser à l'enfant, et je l'ai associé au spectacle que j'avais sous les yeux. Un bref instant, je me suis demandé si c'était lui qui avait fait ça, mais cela paraissait improbable. Il était encore jeune, sans doute incapable d'infliger de telles blessures à un chat. Les débris devaient être ceux d'écrevisses pêchées par l'animal dans un lac ou un étang quelconque. Ou alors, peut-être avait-il mangé le tas d'écrevisses sans pinces que j'avais jeté tout à l'heure. Ce chat avait été soit renversé par une voiture et abandonné là, soit mutilé par des collégiens, et j'aurais préféré ne pas le voir. Mais puisque je l'avais trouvé, automatiquement, je me sentais impliqué dans son devenir.

A cet instant, une chose étrange s'est produite. Autour d'un axe constitué par sa propre tête plaquée au sol, le chat noir a lentement remué ses pattes arrière et s'est mis à tourner sur place dans un mouvement circulaire. J'ai retenu mon souffle en suivant des yeux ce mouvement absurde dicté par l'instinct. Au fil de son déplacement, le visage du chat s'est tourné dans ma direction. Maintenant il était face à moi. Les yeux écarquillés luisant d'un éclat blanc, le museau tordu en un rictus étrange, la face du chat noir était submergée de douleur, son expression était celle d'un humain. Il a émis un faible « ah ». Le chat répétait « ah », « ah », « ah », il s'adressait à moi. Je ne sais pas combien de temps j'ai passé à écouter ces « ah », « ah », mais tout du long, une pensée n'a pas quitté mon esprit. J'ai regardé autour de moi s'il n'y avait personne, puis j'ai regardé encore une fois, je ne sais pas pourquoi. Je n'ai pas examiné en détail tout ce qui m'entourait au cours de ces deux tentatives, j'ai balayé du regard l'alignement de trois maisons au loin, lumières éteintes, le poteau électrique qui les jouxtait, la rue, le grand arbre dans mon dos, un break blanc garé là, les abords du toboggan, le ciel, la lisière du ciel et de plusieurs bâtiments anguleux, l'herbe, la clôture blanche. Je n'ai aperçu personne. Je transpirais, j'avais des fourmis dans les bras, les forces avaient lamenta-blement déserté mes jambes. L'expression du chat noir était vraiment horrible et il ne me quittait pas des yeux. « Ah », « ah », à force de l'entendre, j'avais l'impression que cette voix venait de l'inté-rieur de mon crâne, je le croyais vraiment et le vide s'est fait dans mon esprit. J'ai sorti l'arme de ma poche, mais ce geste ne me semblait pas résulter de ma volonté. Ma main droite, que j'avais gardée dans ma poche, était humide de transpiration, elle s'est immédiatement rafraîchie à l'air libre. Une fois à l'extérieur, l'arme s'est alourdie, comme plus présente, et elle m'a paru embellie. J'ai tendu le bras et pointé le revolver sur le chat noir, mais à ce moment-là, je ne pensais pas tirer. J'avais juste l'intention d'essayer ce mouvement, et j'ai gardé la position. Ensuite, j'ai lentement abaissé le chien. C'était plus dur que je ne l'imaginais, il m'a fallu de la force. Une fois le chien totalement abaissé, un claquement métallique a retenti et la détente a légèrement bougé vers moi. En voyant cela, je me suis demandé si le coup n'allait pas partir, mais la détente s'est immobilisée en cours de route. Je n'avais plus qu'un seul mouvement à faire : replier mon index. Une douleur m'a transpercé la poitrine, j'ai écouté les battements de mon cœur. C'était un bruit bizarre, on avait peine à croire qu'il émanait d'un cœur. Intérieurement, j'ai dit au chat, attends ! Le chat noir était clairement terrorisé, mais j'ai pensé que son vœu le plus cher était de ne plus rien sentir. La tête tournée vers moi, il était immobile. J'ai confusément pensé qu'il savait parfaitement ce que j'allais faire. J'étais bercé par l'impression de ne faire qu'un avec l'arme. Je faisais corps avec elle, totalement. Cette présence écrasante, cette sensation de mon corps uni à l'arme animée d'une volonté propre, me procurait un plaisir comme je n'en avais jamais connu. En même temps, je percevais en moi une présence qui interférait. Ce principe antagoniste exigeait de moi que j'arrête. Mais ça m'ennuyait de perdre du temps à réfléchir et j'ai actionné mon doigt sans me préparer au moment où je ferais feu. Une violente explosion a déchiré l'atmosphère paisible et j'ai vu une flamme violette s'échapper de l'extrémité de l'arme. De la fumée grise a jailli, une puissante onde de choc a remonté dans mon bras. Je m'y attendais, mais c'était tellement fort que j'ai perdu l'équilibre. La masse noire a été secouée d'un soubresaut et a roulé en arrière dans un giclement liquide. J'imaginais que la balle ferait un trou dans le corps du chat noir, mais en réalité elle l'a déchiqueté comme une explosion. La première pensée qui m'est venue à l'esprit a été, en plein dans le mille. Puis j'ai immédiatement voulu retrouver les sensations éprouvées. J'ai de nouveau abaissé le chien et pressé sur la détente en visant la masse sombre. Le choc, similaire au précédent, se transformait déjà en un plaisir enivrant. L'objectif premier qui était d'abréger les souffrances du chat noir avait disparu. Peut-être l'avais-je seulement frôlée, la masse n'a pas roulé cette fois-ci, elle est restée sur place, changeant seulement de forme. J'ai humé l'odeur de poudre qui montait jusqu'à mon visage et goûté délibérément l'engourdissement qui subsistait dans mon bras. Mais à cet instant, j'ai regardé autour de moi comme si quelque chose avait attiré mon attention, j'ai vérifié qu'il n'y avait personne, puis mon corps a cédé sous le poids d'une frayeur indéfinissable et j'ai failli laisser choir l'arme. Je me suis dit qu'il me fallait quitter les lieux au plus vite, j'ai glissé le revolver dans ma poche et j'ai filé en pressant le pas. Tout en sentant l'excitation jaillir en moi, je ne pensais qu'à m'éloigner de cet endroit et j'ai commencé à courir. Je ne savais pas où j'allais, je courais sans m'en soucier. J'ai mis du temps à réaliser que courir me ferait au contraire remarquer. Quelqu'un m'avait-il vu ? Cela me tourmentait, mais en même temps, ma jubilation était encore plus intense. J'ai pensé que je n'étais plus le même qu'avant. J'avais découvert et savouré une extase qu'on pouvait qualifier de suprême. J'éprouvais de la gratitude pour l'arme qui me l'avait donnée, je ferais n'importe quoi pour la renouveler. Je me suis dit que cette sensation, c'était certainement ça, l'amour. Quand je serais de retour à la maison, j'astiquerais soigneusement l'arme, je voulais vite le faire. La joie qui enflait spontanément en moi me rassasiait, je me sentais prêt à m'ouvrir au monde entier. J'ai pensé que j'étais heureux et que cela durerait jusqu'à ma mort.

11

L'intérieur de l'hôpital empestait le désinfectant, ça me répugnait. A mes côtés marchait un petit vieux. A l'époque où je vivais à l'institut, il en était le directeur, un homme encore dans la force de l'âge. Lorsqu'il m'a vu, il m'a dit, tu as bien grandi et il a ri en me serrant dans ses bras, l'air heureux. Puis il m'a interrogé en détail sur mes études à l'université, ma famille, ma vie jusqu'à aujourd'hui. J'ai répondu à chacune de ses questions, mais à cause de l'odeur de désinfectant, j'en ai eu vite assez. Il m'a beaucoup parlé de mon enfance. Pour un enfant placé en institution, je n'avais posé aucun problème, j'étais obéissant, je travaillais bien à l'école, il parlait continuellement sans me laisser le temps de souffler. Et puis, comme je m'y attendais, il a dit, justement, ça m'inquiétait au contraire, et il a ajouté, mais quand je te vois maintenant, il n'y avait pas de quoi se faire de souci.

Je lui ai annoncé que j'avais envie de fumer une cigarette, mais quand je l'ai dit, ça faisait déjà un bon bout de temps que j'y pensais. Il a répondu, bonne idée, si on faisait une petite pause ? Et il m'a emmené à la cafétéria de l'hôpital. Je voulais juste fumer une cigarette, mais comme il m'a demandé si je voulais quelque chose à boire, j'ai répondu, un café. Il a commandé la même chose et, comme moi, il a allumé une cigarette. Il m'a dit, quand même, tu es déjà un adulte, le temps passe vraiment vite.

— Bon, eh bien, comme c'est ton père que tu vas bientôt voir, tu dois être plutôt mal à l'aise. A vrai dire, je pensais que ce n'était peut-être pas nécessaire, mais plus tard, quand tu auras pris de l'âge, je me suis dit que tu regretterais peut-être de ne pas l'avoir rencontré. Je vous ai donc prévenus par acquit de conscience, mais quand j'ai appris que tu viendrais, franchement, ça m'a rassuré, j'étais content.

— Il est vraiment à l'agonie ?

— Oui, il paraît qu'il n'en a plus pour très longtemps. C'est un cancer du foie. Il a des métastases jusque dans la gorge, d'après le médecin. Il le sait. Il est conscient, mais à peine, et il paraît qu'il répète qu'il veut te voir.

— Mais pourquoi souhaite-t-il me voir ?

— Ah, j'imagine ce que tu ressens, mais sans doute qu'à l'article de la mort, on a envie de se faire pardonner un tas de choses. Je le comprends un peu. Moi aussi, ces derniers temps, le visage des gens à qui je voudrais demander pardon me traverse parfois l'esprit.

— Quand même pas vous ?

— Tu sais, quand j'étais jeune, moi aussi je me suis mal conduit. Bon, c'est seulement quand j'y repense, mais j'en ai honte.

Mais moi, j'avais envie de vite en finir. Depuis que j'avais tiré avec l'arme, j'étais dans un état d'excitation continuelle, je me sentais super bien. Aller à l'hôpital me plombait le moral. Je n'avais pas envie de m'impliquer dans des choses inutiles. L'autre jour, j'avais utilisé deux balles, il fallait que je songe au moyen de me procurer des munitions supplémentaires quand j'en aurais besoin. Et je devais aussi réfléchir si personne ne m'avait vu à ce moment-là. J'avais des tonnes de choses à faire. Le fait d'être du même sang ne m'apparaissait pas comme une raison suffisante pour bouleverser mes projets. Je voulais vite repartir, j'ai proposé à l'homme d'y aller ; j'ai un peu réfléchi et, pour voir, j'ai ajouté, je suis pressé de le rencontrer. L'homme a hoché la tête, il a réglé l'addition. Ensuite, il a dit, il vaut mieux que tu le voies en tête à tête, je t'attendrai dans un coin.

La porte était blanche, autour le calme régnait. Lorsque j'ai ouvert la porte, comme il me l'avait promis, l'homme n'a pas fait mine d'entrer, il m'a juste adressé un signe de tête. Je me doutais du geste qu'il allait avoir, alors j'ai été content quand je l'ai vu faire. La pièce était exiguë, avec trois lits alignés au milieu. Chacun était relié à un appareil de perfusion dont sortaient plusieurs tuyaux, j'ai eu l'impression d'entrer dans un laboratoire. Les rideaux blancs de la fenêtre étaient fermés, sur une console à côté se dressait une morne fleur chétive. L'appareil fixé au lit du milieu était plus gros que les deux autres, j'ai pensé qu'il devait coûter cher. Je me suis avancé vers le lit le plus proche et j'ai contemplé de toute ma hauteur l'homme qui y était étendu. C'était un vieil homme sans signes distinctifs, comme il s'en trouve partout. Il avait les yeux clos comme s'il dormait, il était couvert de rides, on aurait dit une momie. Il m'était absolument impossible d'imaginer qu'il s'agissait de mon père, mais on n'y pouvait rien. A cet instant, un souvenir ancien m'est revenu. C'était le jour où, à la télévision de l'institut, j'avais découvert l'ADN. Le choc avait été terrible. Les liens du sang, je prenais ça pour une sorte de légende, mais avec l'ADN, cela avait gagné en vraisemblance, s'était imposé à moi comme une vérité établie. Biologiquement parlant, ce qui me constituait venait pour moitié des gènes de ce père, et pour moitié de ceux d'une femme qui s'était enfuie et que je ne connaissais pas. Ce jour-là, j'avais perdu tout intérêt pour moi-même. Je vivrai mieux si je ne cherche pas à savoir qui je suis, avait confusément formulé mon esprit d'enfant. Je me suis rappelé que je ne devais pas réfléchir ; c'était un peu désagréable, mais c'est vite passé.

J'ai pensé à l'arme et je me suis rappelé qu'aujourd'hui, je l'avais laissée chez moi. Je n'aurais quand même pas imaginé tirer sur mon père si je l'avais eue, mais, obscurément, je n'avais pas eu envie de la prendre. Apporter ma précieuse arme auprès de mon père, cette idée me dérangeait. Lorsque j'ai pénétré dans la pièce, je me suis dit que j'avais bien fait. Les murs suintaient la tristesse, l'air était vicié. Ici, ce n'était pas un endroit pour l'arme, elle cadrait beaucoup mieux avec un air pur comme celui du square de l'autre jour ou de mon appartement.

Dans la perfusion stagnait un liquide jaune trouble, qui coulait dans un tube translucide pour se déverser dans le corps du malade. Je me suis demandé ce qui se passerait si je débranchais ce tube, cela m'a intéressé. Il ouvrirait les yeux et me dévisagerait peut-être avec surprise. Le spectacle vaudrait le détour, me suis-je dit. Un enfant rancunier vient rendre visite à son père et le tue. Il me semblait qu'aux yeux du public, cela donnerait une histoire captivante. Mais je n'avais pas l'intention de passer à l'acte. Cet homme ne m'intéressait pas et la rancune était l'un de ces sentiments qui m'étaient difficilement compréhensibles. Je m'en foutais. Il pouvait mourir ici, ou en réchapper et vivre heureux, ça m'était égal.

J'ai regardé l'autocollant blanc fixé sur la perfusion et j'ai remarqué que dessus était écrit *M. Nishioka*. Ce nom ne me disait rien. J'ai compris que je m'étais trompé de malade, un rire m'a échappé. Cependant, j'avais l'impression d'avoir fini ce que j'avais à faire et j'ai envisagé de repartir. J'ai esquissé quelques pas, mais j'ai changé d'avis, j'avais fait le déplacement, alors autant jeter un coup d'œil, et je me suis approché d'un autre lit. J'ai vu un nom qui m'était connu et j'ai regardé de toute ma hauteur le propriétaire de la perfusion, comme avant. L'homme était terriblement basané. Ses cheveux poivre et sel clairsemés laissaient voir le cuir chevelu et, quelque part, cela m'a semblé inconvenant. Il était éveillé, il a écarquillé les yeux et m'a dévisagé. Ses lèvres tremblaient légèrement, comme s'il cherchait à parler, et son regard insistant restait fixé sur moi. En voyant ses yeux rougir, j'ai commencé à en avoir assez, mais en même temps, je trouvais ça drôle. Le fait qu'il réagisse de façon classique était juste parfait. Il a bougé sa main tremblante mais, peut-être parce qu'elle était brune, je n'ai pas eu envie de la saisir. D'une voix rauque semblable à un souffle, il a prononcé mon prénom. C'est toi, Tôru ? Là, je me suis dit que ce serait drôle si je faisais signe que non, et j'ai lentement tourné la tête de gauche à droite. Cependant, qu'a-t-il bien pu s'imaginer, ses larmes ont enflé et il a dit, ah oui, ah oui. Je ne savais plus quoi faire, pourquoi ne dormait-il pas, j'avais envie de lui en faire le reproche. Il a une nouvelle fois imperceptiblement soulevé le bras droit, mais je n'avais toujours pas envie de le toucher.

Son souffle devenu plus rauque s'élevait, comme pour s'accrocher à mes oreilles. Je restais planté là, le regard baissé vers l'homme. Comme je n'avais rien à faire, j'ai envisagé de repartir. Mais il essayait encore de parler, il tentait désespérément d'ouvrir la bouche. Tout en regardant ses épaisses lèvres d'un rouge noirâtre, je me suis demandé, un peu tard, ce que j'étais venu faire. Et dans tout cela, je sentais obscurément une pression extérieure s'exercer sur moi, je devais faire quelque chose ici. Quoi, cela m'échappait, c'était terriblement exaspérant. A cet instant, de la même voix éraillée, l'homme m'a demandé si je lui pardonnais. J'ai failli exploser de rire, l'ennui que je ressentais jusqu'alors s'est envolé, je n'en revenais pas, un peu plus et je riais aux éclats. Que, sur son lit de mort, il débite une formule aussi convenue, digne d'une série télévisée, était d'un comique indicible. Sans doute avait-il vu ce genre de scène à la télévision ou au cinéma. Mais il était sérieux. Cette gravité pétrie d'émotion me faisait un effet encore plus bizarre. Une idée m'est venue et, pour la mettre en œuvre, j'ai pris sa main. Je lui ai dit, ça ne me tourmente plus, et j'ai ajouté, alors guéris vite. En parlant, je me retenais de rire, mais c'était plutôt réussi. Si j'avais dit papa, ça aurait été parfait, je crois, mais allez savoir pourquoi, ça coinçait. L'homme pleurait, il a fait mine d'approcher son visage de ma main. Ce mouvement m'a rappelé celui d'un nourrisson et, aussitôt, j'ai retiré mon bras. A l'instant où j'ai imaginé l'humeur des larmes qui coulaient de son corps toucher ma main, je l'ai sentie se contracter et chercher à s'éloigner. Un frisson m'a parcouru, la sensation était déplaisante, bien qu'exagérée. Il m'a regardé d'un air interloqué et, sans savoir pourquoi, je lui ai souri. Ce n'était pas nécessaire, mais, comme en réponse à mon aversion pour sa puérilité, je lui ai décoché un sourire triomphant empreint de mépris. J'ai songé à lui cracher au visage, mais j'y ai renoncé. Je ne supportais plus de le voir, j'avais accompli ce que je souhaitais. Alors, j'ai dit, je ne suis pas Tôru. Je me suis trompé de personne, pardon, ai-je ajouté, et j'ai quitté la pièce.

Dans le couloir, l'homme m'a regardé d'un air soucieux. Ça m'a étonné qu'il soit encore là mais, à la réflexion, il m'a semblé que c'était naturel. Alors ? a-t-il demandé en m'étudiant. Sa façon de m'interroger m'a agacé mais je me suis dit que c'était normal qu'il le fasse. J'ai hésité un peu et j'ai dit, on ne se ressemble pas du tout, alors que ses yeux et la ligne de son nez rappelaient terriblement les miens. L'homme a répondu, ah bon, eh bien, bref, c'était peut-être inutile, et il a continué à me dévisager avec inquiétude. Je me suis répété qu'il se conduisait ainsi parce qu'il était bon et j'ai pris sur moi.

J'ai appelé la fille des toasts et je suis allé chez elle. Pendant que je la prenais en levrette, je l'ai attrapée par les cheveux et l'ai tirée vers moi. Elle haletait fort mais, en cours de route, elle a paru mal à l'aise. Toujours dans la même position, je lui ai léché le cou et lui ai fait un suçon. Elle a râlé parce que son mec allait s'en apercevoir, moi non plus je n'avais pas spécialement envie de continuer, mais je me suis obstiné. Durant tout ce temps, j'ai eu sommeil plusieurs fois. Vaguement énervé, je me suis concentré afin d'éjaculer rapidement.

Après je me suis assoupi, et je me suis réveillé en pleine nuit. La fille dormait en ronflant légèrement, comme si je l'avais épuisée. Je lui ai laissé un message, quelques mots adéquats, puis j'ai quitté l'appartement et je suis rentré en taxi. De retour chez moi j'ai encore beaucoup dormi, à mon réveil, quinze heures s'étaient écoulées. Comme j'avais trop dormi, j'avais mal derrière les yeux, mais j'aurais pu roupiller encore longtemps. Des souvenirs d'enfance ont de nouveau fait surface. En avais-je rêvé ou y avais-je songé une fois éveillé, des images vagues me revenaient. Mais si je n'y pensais pas, je ne serais pas malheureux ; j'en étais persuadé à l'époque où j'étais en institution. Même s'il m'arrivait un malheur, tant que je ne m'y attardais pas et que je n'y pensais pas, il n'existait pas en tant que tel. J'avais compris ça et je le mettais en pratique. L'institut était un petit bâtiment peint en blanc. Il y avait un piano, des peluches, une télévision. Il n'y avait pas de cour mais un ballon de foot et de quoi jouer au base-ball. Si je voulais, j'avais l'impression qu'une foule de souvenirs me reviendraient.

12

C'est la sonnette qui m'a réveillé. Le son strident résonnait dans mon studio exigu avec assez de puissance pour me tirer du sommeil. Décidé à ne pas répondre, j'ai fourragé à la recherche de la couette que j'avais rejetée, mais ça a sonné encore une fois. Dégoûté, je suis sorti du lit et j'ai allumé une cigarette. J'ai attendu ainsi que le visiteur abandonne, mais la sonnette a de nouveau retenti et cette fois-ci, j'ai même entendu frapper à la porte. Résigné, j'ai écrasé ma cigarette et regardé par l'œilleton qui c'était. Un homme inconnu était là. J'ai pensé que c'était sûrement un démarcheur, mais quelque chose chez lui dégageait une drôle d'impression. C'était un homme d'âge mûr aux cheveux noirs, de petite taille, banal, mais il avait quelque chose d'intimidant. Il a de nouveau frappé à la porte, j'étais tout près et j'ai sursauté. Lorsque j'ai ouvert, il m'a demandé, vous dormiez ? et il a dit, désolé. Il souriait mais ses yeux étroits, tout en longueur, ne me quittaient pas. Je l'ai remarqué et j'ai trouvé ça pénible, mais je ne comprenais pas ce que cela signifiait. Ensuite, il a annoncé, je suis de la police, en me montrant le carnet noir contenant sa carte et son insigne.

— Voilà, désolé de vous déranger pendant votre sommeil, mais j'ai des questions à vous poser, auriez-vous quelques minutes à m'accorder ? a-t-il demandé.

Il a souri comme pour me rassurer, mais son visage me paraissait cacher quelque chose. J'étais très nerveux, un bref instant, il y a eu un blanc dans ma tête. Les battements de mon cœur se sont accélérés et j'ai senti la sueur commencer à poindre sur mon visage. M'efforçant de ne rien laisser paraître, je me suis répété de garder mon sang-froid. Mais lui, il continuait à ne pas me quitter des yeux. Je n'en pouvais plus, j'ai détourné le regard.

— Eh bien, quelle surprise... Que se passe-t-il, tout à coup ? Sérieux, on se croirait dans une série télévisée, vous montrez vraiment votre carte de police... Euh, désolé. Et... que voulez-vous ? Je dormais, ai-je dit en regardant l'homme, un sourire sur les lèvres.

Il a répondu, non non, puis il a repris, c'est trois fois rien. Mais je ne lui faisais pas confiance. Intérieurement, je me répétais que je ne savais rien, que je n'avais rien à voir avec la police.

— C'est-à-dire que, l'autre jour, un chat errant, voilà, c'est une sale histoire, un chat errant a été trouvé mort, baignant dans son sang. Dans le square, là-bas. Le square qui est près de chez vous. Oh, il y a vraiment des gens qui font des choses atroces, moi aussi j'ai un chat, enfin, bref, ça n'a rien à voir avec tout ça, voilà, je fais souvent des digressions. Donc, je fais le tour du quartier pour voir si les gens savent quelque chose à ce sujet. Voilà... c'est-à-dire... vous n'avez rien remarqué ? a-t-il demandé, puis il a de nouveau souri en me regardant.

J'ai réussi à l'écouter en gardant la tête froide. J'étais un peu surpris de ma réaction, j'avais l'impression que j'allais réussir à m'en sortir habilement. Je n'ai pas pour autant oublié de soigneusement choisir mes mots. J'ai hoché la tête à plusieurs reprises en évitant de le regarder.

— C'est effectivement atroce, mais... la police s'occupe aussi de ce genre d'affaires ? Ah, c'est un peu cavalier de ma part de demander, désolé, je ne sais rien. J'aimerais vous être utile, mais...

— Ce n'est pas vraiment qu'on enquête sur ce genre d'affaires, a-t-il dit, puis il a soudain ri. Le problème, c'est qu'on a trouvé des pruneaux dans le corps de ce chat. Des balles, des vraies. Des cartouches d'un 357 Magnum. Très puissant. En plus, ce n'est pas un type d'arme très courant au Japon. Non, vraiment, c'est rare. Donc, ça veut dire que celui qui a tué le chat, il possède un revolver, hein ? Ça, c'est un vrai problème. Dans un quartier résidentiel calme comme celui-ci. Qu'en pensez-vous ? Dans ces conditions, rien d'étonnant à ce que la police enquête, non ?

— Ah oui, en effet. Il faut vite l'arrêter.

J'ai regardé l'homme, en prenant soin de me composer un air de légère surprise. Je pensais qu'au mot de revolver, n'importe qui serait un peu surpris. L'homme scrutait mon visage, clairement, il s'efforçait d'interpréter la moindre de mes expressions. Comme s'il avait pris conscience de son attitude, il s'est empressé d'afficher un sourire, mais il m'a semblé que tout ça était une comédie. J'avais l'impression qu'il possédait une certitude à mon égard et, un instant, la peur m'a submergé, mais je me suis concentré sur le fait que je devais rester calme. Et j'ai attendu qu'il reprenne la parole, l'air peu intéressé mais les sens en alerte.

— Vous possédez une veste blanche ?

— Comment ?

— Eh bien, une veste blanche. Une veste blanche qui descend jusqu'aux hanches, à peu près. Vous en avez une, n'est-ce pas ?

— Oui, en effet.

A peine avais-je répondu qu'une douleur fulgurante m'a transpercé la poitrine.

— Ce jour-là, quelqu'un a entendu comme des coups de feu. Grâce à la date, nous savons quand le chat est mort. Et le même jour, un témoin a vu dans les parages un jeune homme en veste blanche qui courait. Celui qui l'a vu est un employé de la supérette. Personne ne met une veste comme celle-là pour faire son jogging. En plus, le jeune homme était bizarre, paraît-il. D'après lui, il avait l'air rayonnant. Ce vendeur vous connaît. Il paraît que vous fréquentez pas mal ce magasin. L'homme à la veste, il semblerait que ce soit vous.

— Mais comment avez-vous eu mon adresse ?

— Grâce aux livraisons. Au service de livraison de la supérette où travaille ce vendeur. L'adresse de l'expéditeur figure sur le bordereau. Et un double est gardé au magasin, au cas où il y aurait un problème de livraison. Par le passé, vous avez essayé d'envoyer de là-bas une photographie encadrée destinée à vos parents. Sans doute pour leur anniversaire de mariage, vous êtes un bon fils. Mais à cause d'une bévue du magasin, elle a été cassée. Pourtant, et cela m'a un peu étonné quand je l'ai appris, il paraît que vous ne vous êtes pas fâché. Bien mieux, vous n'avez même pas semblé contrarié. Vous n'avez accepté aucun dédommagement non plus. L'employé qui vous a vu est celui qui avait fait tomber le cadre. Il se rappelait très bien. Et en plus, vous continuez à faire vos courses au magasin qui a commis une telle gaffe. Le vendeur se souvient de vous. Il connaît votre visage, et les vêtements que vous portez souvent aussi.

Quand il a eu fini, l'homme a souri, d'une façon différente de tout à l'heure. Je commençais à avoir du mal à rester flegmatique. Néanmoins, il me semblait que tout cela était encore insuffisant pour faire le lien entre le revolver et moi.

— Et c'était quand, le jour où ce chat a été tué ? C'est vrai, récemment, je suis rentré en courant. Je devais me dépêcher.

— Ah bon, qu'aviez-vous donc à faire ?

— Je dois aussi vous dire ça ?

— Oui, pour information.

Après avoir un peu réfléchi, je lui ai dit qu'une fille m'attendait chez moi. Puis j'ai ajouté qu'elle avait préparé à dîner, et comme j'étais en retard, il fallait que je me dépêche. L'homme n'avait pas l'air intéressé par mon histoire. Son attitude m'a déconcerté. C'était pourtant lui qui m'avait demandé ce que j'avais à faire.

— Ah bon, a-t-il lâché. Et pourtant... En réalité, ce n'est pas très important. Vraiment pas. Mais j'aimerais que vous répondiez à une question, juste une. C'est quelque chose qui me titille. Pourquoi, ce jour-là, couriez-vous avec la main droite dans la poche de votre veste ? Il y a très peu de gens qui courent avec une main dans la poche, n'est-ce pas ? Et puis, pourquoi étiez-vous si gai ? Le vendeur l'a dit. Vous aviez l'air ravi. Ravi, et vous transpiriez abondamment.

L'homme s'est tu et j'ai réalisé que c'était maintenant à mon tour de parler.

— Ce n'est quand même pas très important ? Je ne sais plus trop, peut-être que par hasard je repensais à quelque chose qui me donnait le sourire à ce moment-là, et puis quand on court, on transpire, non ? Je ne sais pas. Pour la main dans la poche, je ne me souviens pas, mais sûrement que mon téléphone portable ou autre chose risquait de tomber. Je n'en sais rien, ai-je répondu.

L'homme a sorti une cigarette et l'a allumée. J'ai compris qu'il avait l'intention de prendre son temps et je lui ai dit que j'avais des choses à faire. Mais il a ignoré mon intervention. Ensuite, il a dit, je vois, il se parlait à lui-même.

— Euh, c'est un peu gênant de discuter ici. Et puis, que vont penser les voisins ? Vous ne pourriez pas me laisser entrer ? Je commence à avoir froid aussi.

— Non, ce n'est pas possible, désolé. La pièce est en désordre, et puis, je n'aime pas tellement inviter des inconnus chez moi. Ça me paraît normal, mais bon...

— Je suis policier. Je ne vais rien vous voler.

— Non, ce n'est pas que je vous soupçonne, c'est juste que ça ne me plaît pas. Et puis, quand même, vous exagérez de venir pour de vagues raisons et d'essayer d'entrer chez moi. La plupart des gens n'ont pas envie d'avoir affaire à la police, hein ? Vous ne voulez pas repartir ? Vous commencez à m'énerver.

— Bon, dans ce cas, écoutez-moi encore une minute, rien qu'un peu, a-t-il dit, et il a tiré sur sa cigarette. A vrai dire, normalement, je repartirais, là. Parce que si on met son interlocuteur en colère, après, c'est compliqué. Mais cette fois-ci, je ne peux pas. Il s'agit d'une arme à feu, le temps nous est compté. Je ne peux pas me permettre de reporter ça à demain. Une seule journée peut faire toute la différence. Je vous assure. Il y a déjà eu beaucoup d'incidents de ce genre. Je ne voudrais pas avoir de regrets. L'affaire de l'Arakawa, vous êtes au courant ?

— Hein ?

— Eh bien, l'affaire de l'homme assassiné au bord de l'Arakawa. Vous êtes au courant, n'est-ce pas ?

Conscient de son regard posé sur moi, j'ai continué à maîtriser ma nervosité croissante. Ensuite, j'ai brièvement pris l'air de quelqu'un qui se souvient de quelque chose, puis j'ai affiché une expression d'incompréhension et je l'ai regardé.

— Je l'ai vu à la télévision, et alors ?

— La balle fichée dans la tête de cet homme et celle retrouvée dans le cadavre du chat sont du même type.

— Ah bon. Mais enfin, quand même, vous allez arrêter ça ? Vous me parlez d'assassinat, maintenant ?

— Mais non, écoutez-moi, je vous en prie. J'ai presque fini, a-t-il dit.

Il a écrasé du pied le mégot qu'il avait jeté par terre et a allumé une nouvelle cigarette. Mais même pendant ce temps, j'avais l'impression qu'il me surveillait. Qu'il évoque soudain l'affaire de l'Arakawa, ça aussi c'était prévu dès le départ, ai-je pensé.

— Et si nous allions dans un café, qu'en dites-vous ? Si je vous propose de venir faire une déposition, vous refuserez certainement, et moi non plus, ça ne me va pas vraiment. Si vous refusez maintenant, de toute façon, je reviendrai demain et j'irai aussi à l'université, n'en doutez pas. Donc, vous feriez mieux de vous disculper une bonne fois pour toutes, non ? a-t-il dit.

Puis, sans me laisser placer un mot, il a ajouté, je vous attends, allez vous préparer.

Je n'avais d'autre choix que de le suivre. La pulsion m'est bien venue de l'abattre avec l'arme, mais je voyais ce que deviendrait ma vie si je le faisais. J'ai fermé la porte et rangé l'arme au fond du placard, au cas où. J'avais beau faire, s'il voulait il la trouverait, mais le temps m'était compté. Cependant, ai-je pensé, il ne disposait certaine-ment encore d'aucun élément démontrant que le revolver était en ma possession. En l'absence de preuve décisive, il ne pouvait pas fouiller mon appartement. D'ailleurs, à la réflexion, il était impossible qu'il dispose d'une telle preuve. Si les témoignages me concernant se limitaient à cette unique et maigre déposition, on ne pouvait pas me coincer.

A notre arrivée au café, il a commandé deux cafés et a allumé une cigarette, un léger sourire aux lèvres. Il y avait en lui quelque chose qui me tapait vraiment sur les nerfs. Cela venait sans doute de la position où je me trouvais, mais même en faisant abstraction de ça, je n'arriverais certainement pas à apprécier ce type.

— Euh, vous pourriez me montrer une nouvelle fois votre carte de police, s'il vous plaît ? ai-je demandé.

— Hein ? Pourquoi ?

— Eh bien, désolé, mais je me demande si vous êtes vraiment un policier. Depuis tout à l'heure, j'ai l'impression d'avoir affaire à un escroc ou un vendeur à la sauvette. Quand même, me soupçonner pour ces raisons, c'est dingue.

L'homme a ri, mais il m'a paru un peu agacé. J'avais dit ça pour éviter de lui laisser la main, et il me semblait que ça avait marché. Il a ouvert le carnet à l'endroit de la photo d'identité et me l'a montré. J'ai interpellé la serveuse qui passait, je lui ai demandé un stylo et du papier et j'ai noté le nom du policier.

— Pourquoi faites-vous cela ?

— Eh bien, au cas où, à tout hasard. Parce que si vous me cherchez des noises, je suis mal.

— ... Je vois, a-t-il répondu, puis il a tiré sur sa cigarette en faisant un peu la grimace. Bon, comme vous voulez, je commence. Je vais vous parler franchement. Je pense que c'est mieux. J'arrête de tourner autour du pot, a-t-il dit, puis il a de nouveau pris une bouffée de sa cigarette.

J'ai adopté un air détaché, et j'ai décidé de regarder vaguement en direction de l'horloge murale du café.

— Pour commencer, nous n'avons pas trouvé de balle dans le cadavre du chat. Votre réaction m'intéressait, alors j'ai menti. Cependant, l'information selon laquelle des coups de feu ont été entendus est vraie. De même que la découverte du corps mutilé d'un chat et le témoignage qui vous concerne. Mais il n'est pas certain que le chat ait été abattu avec une arme à feu. C'est dommage. Le corps a déjà été incinéré par les services sanitaires, qui n'ont pas trouvé la moindre balle. Donc, rien de tangible. Ensuite, l'affaire de l'Arakawa. Eh bien, pour chaque incident, nous mettons en place une cellule d'enquête, et la cellule pour l'affaire de l'Arakawa, oh ! elle est minuscule, mais elle est sur la piste d'un assassinat lié à la pègre. Enfin, à vrai dire, on a déjà arrêté plusieurs personnes. Moi aussi, normalement, je suis affecté à cette affaire.

— Alors, qu'est-ce que vous racontez ? Je suis étudiant, je n'ai rien à voir avec tout ça.

— Ecoutez-moi, je vous dis, a lancé l'homme, puis il a avalé une gorgée du café apporté par la serveuse. Parce que moi, depuis le début, dans cette affaire, celle de l'Arakawa, hein, je me dis que ce type, il s'est suicidé. Bien entendu, je suis le seul à le penser. Ce cadavre, il est bizarre pour celui d'un homme tué par balle. Normalement, les morts par balle, ils sont presque toujours touchés à la poitrine. Plusieurs pruneaux dans le coffre. Ça, c'est normal. Mais celui-là, il a une balle dans la tempe. Une seule, dans la tempe droite. En plus, l'heure à laquelle il est mort, ce qu'on appelle l'heure estimée du décès, hein, se situe entre dix-huit et vingt-deux heures. A cette heure-là, il fait déjà nuit. Dans ces conditions, pour arriver à lui loger une balle dans la tempe avec autant de précision... il n'y a pas une seule petite frappe qui en soit capable chez les yakuzas. Impossible. Mais à la cellule d'enquête, ce ne sont pas des ânes non plus. Enfin si, ils sont assez stupides, mais ça, ils captent. Pourtant, ils tablent quand même sur un assassinat. Le coupable a collé son revolver sur la tempe de la victime terrorisée et a tiré. Voilà ce qu'ils disent. Sûr que, dans l'absolu, ce n'est pas impossible. Mais quoi, personne ne tue de cette façon, sauf dans les séries télévisées. Un cadavre de ce genre, je n'en ai encore jamais vu. Un crime par balle, hein, à la base, c'est moche à voir. Ça tire à tout va, celui qui est touché l'est ailleurs qu'à un endroit vital et il meurt en souffrant. Sur place, il y a des traces de lutte. Ça ne reste pas aussi propre que là-bas, même si le mot est mal choisi. Un homme, vous savez, ça ne meurt pas tout de suite, juste parce qu'il s'est pris une balle. Avant de clamser, ça en prend, du temps.

Pendant qu'il parlait, l'homme me regardait fixement. J'avais détourné les yeux, mais son regard ne cessait de me préoccuper. Je cherchais désespérément à imaginer dans quelle direction il allait orienter la conversation, et comment il relierait tout cela à moi. Tout en dominant mon anxiété, je buvais mon café et fumais des cigarettes.

— Et il y a un autre élément bizarre. Du sang, comme de fines gouttelettes collées sur les doigts de la main droite de l'homme. En quantité infime. Bien sûr, on peut aussi estimer qu'elles ont atterri là par hasard. Mais moi, quand j'ai vu ça, j'ai été quasiment convaincu que c'était un suicide. On peut appeler ça une intuition, mais dans ma tête j'ai vu l'homme, le revolver dans la main, l'appliquer contre sa tempe. Mais dès qu'on entraperçoit l'ombre de la pègre, la police s'engouffre dans la brèche. La routine, en quelque sorte. En particulier dans une petite affaire comme celle-là, avec une cellule d'enquête aussi restreinte, c'est encore pire. Mais voilà ce que j'ai pensé. Cet homme s'est suicidé et quelqu'un est passé par là par hasard, oui, complètement par hasard, sans doute quelqu'un qui mène une vie normale et qui a empoché le revolver resté sur place. Ce fleuve coule entre deux quartiers. Le type doit habiter dans l'un des deux, je me suis dit. Et voilà qu'on signale des coups de feu et le cadavre d'un chat mutilé dans le même coin. Le chat, hein, il était clairement mort de main d'homme, paraît-il. Si quelqu'un avait ramassé le revolver, je me disais qu'il commencerait par tirer sur un animal. C'est maintenant une certitude. Je vois que je ne m'étais pas trompé. Honnêtement, ça m'a un peu émoustillé.

Il a ri, et ce rire qui m'est soudain arrivé aux oreilles m'a fait frissonner en dedans. J'ai réalisé que j'avais fumé à un rythme anormal, et aussi que j'avais vidé ma tasse de café. Mais c'était trop tard. Le policier l'avait sûrement remarqué, mais comme moi je ne le regardais pas, je ne savais pas trop.

— Et nous en arrivons au témoignage de ce jour-là. Un jeune homme, et je pensais justement qu'il s'agissait d'un jeune gars, un jeune homme qui court, la main dans la poche, le sourire aux lèvres. Et ce, à l'heure où ont été entendus les coups de feu, et près du square où a été découvert le cadavre du chat. Un gars du genre à ne pas s'énerver quand un cadeau pour ses parents a été abîmé court, l'air radieux et surexcité. Qu'est-ce que vous en dites, hein ? Rien d'étonnant à ce que je sois sûr de moi, non ? C'est vraiment intéressant. Franchement, ça me botte.

Lorsque j'ai regardé le flic, il avait les yeux fixés sur les miens. J'attendais qu'il recommence à parler, mais il n'a rien dit. J'ai pris un air irrité et j'ai écrasé ma cigarette comme si j'étais dégoûté.

— Bref, il s'agit juste d'élucubrations de votre part. Vous vous faites des films. Fichez-moi la paix, vous n'avez pas la moindre preuve. Sérieusement, c'est vraiment tiré par les cheveux de me relier à tout ça, ça ne repose que sur des conjectures. Bon, je peux rentrer ? Si vous continuez à insister, je vais appeler la police, pour le coup.

— C'est tiré par les cheveux ? a-t-il demandé, un sourire aux lèvres.

— Oui.

— Dans la résolution d'une affaire, tout commence par des conjectures.

— Mais il faut des preuves pour ça, non ? Susceptibles de convaincre n'importe qui. Pour commencer, vous ne savez même pas si le chat a été tué par balle ou non. Vous en êtes convaincu, c'est tout. Et puis, les coups de feu qui ont été signalés, c'est peut-être une erreur, ça n'a rien de probant. C'est n'importe quoi. Vous avez le droit de me soupçonner comme ça, sans preuves ? C'est bizarre, je trouve.

— Non, ça, c'est la théorie. Nous, des conjectures nous suffisent. Les preuves suivent. Et puis, j'en ai déjà.

— Hein ?

— J'ai des preuves.

— Lesquelles ?

— Votre attitude. C'est sûr. Vous possédez une arme. J'en ai la certitude.

Il a eu un drôle de rire pour lui-même.

— Au début, j'imaginais un gars qui reste enfermé chez lui. Les types qui sont attirés par les armes à feu, je pensais que c'étaient plutôt des cocos de cet acabit. Mais vous êtes différent. Vous accordez du soin à votre tenue vestimentaire, vous n'avez jamais emprunté de films bizarres, déviants ou violents chez le loueur de vidéos, d'après l'employé de la supérette vous êtes extrêmement poli, et vous fréquentez la gent féminine, et pas seulement une fille. Et puis, comme j'ai pu le constater au cours de cette conversation, vous vous exprimez avec précision. Vous avez même tenté de me déstabiliser, bravo, honnêtement, je pensais que vous commettriez davantage de boulettes. Si vous étiez du genre à être assez bête pour tuer un chat dans un parc. Je dirais même, pour tout vous avouer, ça va peut-être vous énerver, mais si je suis allé jusque chez vous, au départ, c'était plutôt par acquit de conscience. Je vous ai laissé entendre que je m'étais fait ma conviction avant de venir, mais en réalité, je vérifie tout ce qui me titille pour éviter d'avoir des regrets plus tard, c'est ma façon de travailler. Bien entendu, je pensais que quelqu'un avait l'arme, mais je n'étais pas persuadé que c'était vous. Parce que, comme vous l'avez souligné, ma théorie comportait quelques points faibles.

— Bon, alors je peux y aller ?

— Non, un instant, s'il vous plaît. Mais vous, vous êtes très intéressé par cette affaire. Tout en jouant l'indifférence, en réalité, vous avez cherché à me faire parler. Au début, quand j'ai annoncé que j'étais de la police, ça vous a causé un choc, vous étiez complètement perturbé. Bien sûr, quand la police se pointe, n'importe qui est déstabilisé. Mais vous, vous avez essayé de le cacher. Quand on n'a rien à se reprocher, on n'a pas besoin de cacher son trouble, n'est-ce pas ? Et puis, vous ne collez pas à ma première hypothèse, mais au fil de la conversation, j'en suis venu à penser que vous êtes absolument capable d'un geste aussi hasardeux que de tirer sur un chat dans un parc. C'est l'intuition, ou l'expérience, comme vous voudrez, mais je me trompe rarement. Vous êtes insaisissable, un drôle de type. Le chat, vous lui avez sûrement tiré dessus de façon impulsive ; là, vous discutez avec beaucoup de logique... mais ça aussi, quelque part, c'est superficiel, c'est que du bluff.

Il a encore ri pour lui-même, ça m'a énervé.

— Mais vous n'avez pas de preuves, hein ? On ne peut pas appeler ça une preuve.

— Oui, c'est vrai, je le reconnais. Je n'ai pas une seule preuve. En fait, ça va sans doute être difficile de trouver des preuves, vu la situation. Depuis tout à l'heure, vous ne parlez que de ça, des preuves. Les coupables, ils s'intéressent souvent aux preuves.

La serveuse s'est approchée et a débarrassé ma tasse. Elle a vu le cendrier débordant de mégots et s'est apprêtée à le remplacer par un autre. Dedans, il n'y avait presque que des cigarettes à moi. Sans me demander mon avis, l'homme a commandé deux autres cafés.

— L'enquête sur l'affaire de l'Arakawa va sans doute être classée. Pour commencer, parce qu'il s'agit d'un suicide. Ceux qui ont été interpellés seront soit relâchés faute de preuves, soit arrêtés pour un autre crime. A moins qu'on ne découvre un nouveau réseau de trafic de stupéfiants. Mais le problème, c'est l'arme à feu qui est actuellement en votre possession. Mon hypothèse est extrême, comme vous l'avez souligné, et mon supérieur hiérarchique n'y prête pas sérieusement l'oreille. L'histoire des coups de feu va sûrement être considérée comme une méprise, comme vous l'avez noté. Il n'y a eu qu'un seul signalement et, de toute façon, l'objet du délit a disparu. Et il n'y a aucun moyen de retrouver la balle. Une balle, vous savez, ça vole loin, en vérité. Même après avoir traversé le corps d'un chat, elle fait encore du chemin. Pour la trouver, il faudrait boucler les rues avoisinantes et mobiliser plein de gens. Même ainsi, cela prendrait beaucoup de temps. Parce que c'est vraiment minuscule. En plus, il suffit qu'un chien errant l'avale ou qu'un enfant la ramasse et l'embarque pour qu'il n'y ait plus rien. Mais moi, désormais, je vous ai à l'œil. Dommage pour vous, mais c'est comme ça. Il y a de fortes chances pour qu'aucune preuve ne fasse surface, et je ne peux pas non plus lancer une opération de grande envergure, mais il n'est pas question que je vous laisse comme ça vous promener dans la nature. Ça n'a peut-être rien à voir, mais vous savez, à la police, on a plus de travail que partout ailleurs. Je suis débordé à un point que vous ne pouvez pas imaginer. Donc, en réalité, ce qui m'arrangerait le plus, ce serait d'attendre que vous fassiez une boulette, mais alors il sera trop tard. Il vous reste des balles, mais combien, une, deux ? Vous avez tiré sur un chat, la prochaine fois, ce sera un être humain. Le jour où vous ferez un faux pas, quelqu'un sera tué. Et là, il sera trop tard. Je dois agir avant. N'est-ce pas ? C'est la suite logique, vous avez certainement envie de tirer sur quelqu'un.

— Comment ça ?

Ma voix tremblait un peu.

— Eh bien, la prochaine fois, vous aurez envie de tuer quelqu'un, non ? a-t-il insisté.

Il me regardait d'un air très sérieux. J'avais l'impression qu'il lisait en moi, j'ai senti de nouveau mon cœur s'emballer.

— Donc, je le dis pour votre bien, remettez-moi immédiatement l'arme. Si vous ne voulez pas le faire, débarrassez-vous-en. Si vous tuez quelqu'un, vous serez forcément arrêté. Du fait de mon implication, le lien avec vous sera inévitablement établi car il s'agit des mêmes munitions que dans l'affaire de l'Arakawa. De toute façon, vous n'allez pas me la remettre, parce que personne n'a envie de se faire arrêter. Dans ce cas, jetez-la, le plus rapidement possible. Là où personne ne la trouvera. Dans les poubelles d'un square, par exemple, c'est bien. Démontez-la et jetez les morceaux avec d'autres bricoles. Ainsi, tout sera fini. Vous êtes encore jeune. Je n'ai pas l'intention de me mêler de votre vie, mais quel besoin avez-vous de courir volontairement à votre perte ? Si vous tirez, vous serez forcément arrêté. Mettez-vous bien ça dans la tête. Encore une chose, je ne veux pas vous faire la morale, mais quand on tue quelqu'un, cela peut sembler étrange, mais il paraît qu'après on n'a plus toute sa tête. Bien entendu, ça dépend de la façon dont on tue, mais il paraît qu'on en cauchemarde toutes les nuits. Vous êtes encore jeune. Pourquoi faire un enfer de la longue vie qui vous attend ? C'est tout ce que j'ai à vous dire pour l'instant. Mais je reviendrai.

A la sortie du café, j'ai refusé qu'il me raccompagne et je suis rentré seul. Mon cœur battait toujours aussi fort après l'avoir quitté, mon pouls ne ralentissait pas. J'étais pratiquement incapable de réfléchir à quoi que ce soit, tout ce que je savais, c'est que mon agitation ne retombait pas. Je suis rentré chez moi et, pour me calmer, j'ai allumé une cigarette. Mais, peut-être parce que j'avais trop fumé, j'ai eu la nausée et j'ai vomi un peu aux toilettes.

13

Durant les quelques jours qui ont suivi, j'ai beaucoup cogité, principalement pour savoir si une arrestation serait inévitable au cas où j'utiliserais de nouveau l'arme. Je ne sortais presque pas de chez moi, je ne répondais pas au téléphone non plus. Et je ne dormais guère, à part astiquer l'arme, je ne faisais quasiment rien. Je suis resté chez moi, au calme, avec le revolver.

Ma conclusion a été qu'en aucun cas je ne serais arrêté. Le lien entre le revolver de l'Arakawa et moi ne dépassait pas le cadre des conjectures et, comme il était ténu dès le départ, il ne serait pas automatiquement conforté par une affaire ultérieure. Si, par exemple, quelqu'un mourait et qu'on découvrait dans son corps une balle du même type que dans l'affaire de l'Arakawa, la relation entre ces deux incidents serait peut-être démontrée, mais on ne ferait pas le rapprochement avec moi. Du moment qu'aucun témoin ne me voyait sur les lieux et que, par précaution, je cachais ensuite temporairement l'arme quelque part, même soupçonné, je m'en sortirais. Mon raisonnement me semblait pécher par endroits, mais je m'y suis accroché malgré tout. Ainsi, je me sentais libre, je me sentais bien. Mais je me sentais aussi soumis à une pression permanente.

Une idée précise ne me quittait plus, et si je ne maîtrisais pas sciemment mes pensées, elles revenaient s'y attarder longuement. Cela me troublait énormément lorsque je m'en apercevais. Le revolver luisait d'une couleur argentée et cet éclat métallique pénétrait profondément mon regard, me sollicitait. Il me semblait qu'il m'appelait. De l'appartement voisin me parvenaient les hurlements de la femme et des chocs contre le mur à intervalles irréguliers, accompagnés de cris brefs. A chaque fois, je mettais de la musique pour me changer les idées, mais à mon insu, je continuais à tendre l'oreille aux voix et aux bruits venant d'à côté.

Une fois, Yûko m'a téléphoné. En réalité, ce n'était peut-être pas la seule fois, je n'en suis pas sûr. Par hasard, j'étais près du téléphone, alors j'ai décroché, voilà tout. Je ne sais pas pourquoi, elle était très inquiète. Elle m'a demandé pourquoi je ne répondais pas au téléphone, et pourquoi je ne l'avais pas appelée, puis, pour une raison qui m'échappe, elle s'est mise à pleurer.

J'ai eu l'impression d'être sauvé, je lui ai proposé de se voir tout de suite, je lui ai annoncé que j'allais chez elle. J'ai pris une douche, je me suis préparé et je suis sorti. Il faisait très froid dehors. J'ai acheté une canette de café chaud.

A peine arrivé, j'ai ôté ma veste et je me suis approché d'elle. Je lui ai dit, je t'aime depuis longtemps, et j'ai caressé son visage de mes deux mains. Peut-être interloquée, elle m'a scruté d'un air bizarre et m'a demandé à plusieurs reprises, qu'est-ce que tu racontes ? Ensuite, je lui ai dit, je t'aime vraiment, et aussi, je ne peux plus résister. J'ai approché mes lèvres des siennes, mais, je ne sais pas pourquoi, elle a cherché à s'écarter. J'ai répété que je l'aimais vraiment déjà avant et j'ai tenté de la renverser sur le lit tout proche. Mais elle s'est violemment débattue, elle a fini par me repousser. Elle avait une force extraordinaire, j'étais sidéré. Elle m'a regardé et m'a demandé pourquoi je riais. Je n'ai pas compris de quoi elle parlait, alors je n'ai rien répondu. Mais elle m'a de nouveau demandé pourquoi je riais. Elle a insisté et, après, elle a paru prête à fondre en larmes. Moi, je transpirais, mais je n'avais pas l'impression d'être en train de rire. J'ai quitté l'appartement. Dehors, il faisait vraiment froid ; comme à l'aller, j'ai acheté une canette de café chaud.

L'idée de faire feu sur un être humain ne me quittait pas. Exactement comme une décision déjà entérinée, elle semblait exister dans un avenir proche. Pourquoi était-ce décidé, je ne le comprenais guère moi-même. J'étais un homme libre, censé être maître de ses actes. Je pouvais faire ce qui me plaisait, et me dispenser de faire ce qui me déplaisait. Et pourtant, j'étais incapable de m'empêcher de penser à tirer sur quelqu'un.

Une arme à feu est un instrument fabriqué par l'homme qui, à l'évidence, possède une finalité et, en forçant le trait, une philosophie et une pensée. Un instrument de musique sert à produire des sons, un briquet est conçu pour émettre facilement une flamme. Un revolver sert à tirer sur les gens, et il est conçu pour les tuer facilement. L'impression que suscite généralement une arme est liée à la mort et au crime. Moi qui en possédais une, il était en quelque sorte naturel que j'y songe, il était inévitable que je m'imagine en train de tirer sur quelqu'un. Mais pour ce qui était de passer à l'acte, le choix me revenait forcément. Cette pensée avait beau être inhérente à l'arme, je pouvais l'ignorer et, comme avant, me contenter de jouir de son contact, de sa réalité. Mais l'arme avait proliféré en moi, jusqu'à me phagocyter totalement, ce que j'avais délibérément accepté. J'éprouvais pour elle un sentiment qui était sans doute de l'amour et, par moments, pour une raison obscure, il m'arrivait même d'imaginer qu'elle me détestait, bien que ce ne soit qu'un objet. Cela venait de ce que je me demandais si je n'étais pas indigne d'elle. Je me disais souvent que seul quelqu'un de cruel, comme dans les films, quelqu'un qui tuait froidement, dont la philosophie s'accorderait à celle de l'arme, en serait digne. Cela me rendait terriblement triste. C'était sans doute ça, être jaloux, souffrir de voir la personne qu'on aime se détourner de soi, il me semblait le découvrir maintenant, mais c'était un peu tard. Quoi qu'il arrive, je voulais plaire à cette arme ; parfois, je le souhaitais du fond du cœur.

Mais ce n'était pas une raison suffisante pour tuer quelqu'un. Puisque j'y pensais, c'était sans doute un facteur, bien entendu, mais d'un point de vue théorique non plus, je n'étais pas convaincu. Raisonner n'est pas l'un de mes points forts. M'analyser non plus, ça me répugne plutôt. Mettre de l'ordre dans mes idées me prenait du temps.

Ce qui me tourmentait le plus, c'était l'idée de tuer quelqu'un. L'existence de ce choix, ce choix rêvé en images et en sensations, cherchait à s'articuler à un acte réel de ma part, comme par-delà la raison. Je ne parvenais pas à découvrir en moi la racine de cette fixation. Je n'arrivais même pas à déterminer s'il s'agissait d'une pulsion primordiale. La conscience humaine se modifie continuellement, elle prend forme sous l'influence conjuguée d'une activité inconsciente et changeante et de multiples influences extérieures, les modèles sociaux, la perception du monde depuis l'enfance, l'expérience, le groupe d'appartenance, les informations engrangées inconsciemment... la liste serait sans fin ; la conscience est une entité volatile nourrie de ces éléments, je le savais pour l'avoir lu quelque part. Mais je devais réfléchir. Si je voulais éviter de tuer un être humain, je devais en passer par là.

Afin de modifier l'orientation de mon raisonnement, j'ai essayé de me placer dans la position inverse. C'est-à-dire, pourquoi ne faut-il pas tirer sur quelqu'un avec une arme à feu. Trouver la réponse était difficile. Des gens qui méritent de mourir, moi y compris, il y a en plein partout, comme chacun sait, et le fait que la peine de mort existe vaut approbation au niveau social – ce niveau social n'est peut-être pas important. L'existence des armes à feu aussi, pour commencer, a valeur d'approbation. Dans l'appartement d'à côté se trouvait par un heureux hasard un être humain dont j'estimais qu'il devait mourir. A cet instant, ma réflexion a pris un tour concret, m'a-t-il semblé. Bien entendu, si j'étais arrêté, je perdrais ma liberté, mais alors il suffisait de trouver le moyen de ne pas se faire attraper.

Par-dessus tout, l'arme me faisait me sentir vivant, c'était exactement ce que je ressentais. Le plaisir, l'excitation qui m'emplissaient depuis que l'arme était en ma possession, ce processus qu'elle avait enclenché en s'impliquant dans ma vie, qui s'était automatiquement mis en place, me procurait une joie qui faisait frémir tout mon être, j'en éprouvais de la gratitude aussi, et le renier serait revenu à me renier en bloc. Je souhaitais expérimenter dans ses moindres prolongements la philosophie de l'arme à feu, et pour renoncer au tir désormais imminent, il ne me restait plus qu'une possibilité, me séparer de l'arme. Cela, j'étais incapable de l'envisager, c'était impossible. Perdre l'arme me réduirait à l'état de coquille vide, et vivre plusieurs dizaines d'années en traînant la coquille vide que je serais devenu m'apparaissait comme une longue torture. L'homme vit pour se réaliser, avais-je souvent entendu dire, et je trouvais ça vrai. Se donner à fond, ressentir cette sorte de plénitude, c'est essentiel, et je ne croyais pas faire exception. Ma réflexion sur comment éviter de passer à l'acte se retournait contre moi. Sa nécessité a alors disparu à mes yeux. A trop réfléchir, l'action devenait impossible. Si l'action était impossible, la vie perdait sa valeur, si tant est qu'elle en avait une, ai-je pensé, et j'ai décidé de m'intéresser à l'acte concret de tirer. A partir de ce moment-là, je me suis senti nettement plus léger.

14

Je me suis mis à filer de temps en temps la fille d'à côté et j'ai à peu près cerné ses habitudes. Elle passait la journée chez elle et travaillait le soir dans une sorte de bar à hôtesses, était de repos le jeudi et le mardi, mais, le mardi, il lui arrivait de travailler. Elle rentrait chez elle à cinq heures du matin, parfois en compagnie d'un homme, et à ce moment-là l'enfant était mis dehors. Elle avait entre vingt-cinq et trente ans, mince, les yeux effilés, les cheveux décolorés en châtain, et elle était souvent vêtue de façon voyante, mais, les jours de repos, elle portait volontiers un survêtement de marque comme le font les jeunes. Un jour où je la suivais, je me suis rappelé que la première fois que je m'étais imaginé faire feu avec l'arme, c'était sur une jeune femme. A cet instant, il m'est apparu que c'était écrit depuis le début, j'ai eu l'impression de me conformer avec précision au processus déterminé par l'arme. L'endroit où travaillait la fille était situé dans l'arrondissement d'Itabashi, dans la préfecture de Tokyo, mais elle allait souvent faire ses courses dans un supermarché d'une préfecture limitrophe. Ce déplacement a attiré mon attention, je me suis rendu sur place pour identifier l'adresse exacte du supermarché d'après le ticket de caisse. Le magasin était bien situé dans la préfecture de Saitama. Dans la mesure où chaque préfecture dépend d'un commissariat central différent, l'idée m'est venue de tuer la fille dans les rues de Saitama. Ainsi, cela embrouillerait un peu la police, me semblait-il. Faire le lien entre l'assassinat d'un homme dans l'arrondissement d'Itabashi à Tokyo et celui d'une femme dans la préfecture de Saitama prendrait du temps, peut-être pas tant que ça, mais un peu. C'était sans doute un détail, mais il me semblait être dans mon intérêt de compliquer le travail de la police.

La fille se rendait souvent à ce supermarché le jeudi ou le mardi soir, entre vingt et vingt et une heures. A cette heure-là, il faisait déjà sombre, ça me semblait idéal. J'ai soigneusement inspecté les environs du magasin et commencé à étudier sous divers angles l'endroit le plus approprié pour tirer et les possibilités de repli. Près de chez moi, j'ai acheté une veste noire que j'ai pendue à un cintre dans ma chambre. Le noir serait discret de nuit, un facteur indispensable pour l'acte auquel je me préparais. La veste était réversible, avec une doublure blanche, ce qui me plaisait aussi. Après le passage à l'acte, je pourrais la retourner, ça m'aiderait beaucoup dans ma fuite. Avec la veste, j'ai en même temps acheté des gants en cuir noir. Il n'y avait aucune nécessité pratique à leur achat, mais afin de me donner du cœur à l'ouvrage, j'ai déboursé une forte somme pour me les procurer.

J'ai posé les gants en cuir et l'arme sur la table et j'ai contemplé la veste noire réversible accrochée à un cintre. Ensuite, j'ai aussi installé sur la table une lampe torche compacte restée jusqu'à présent dans un carton, l'un des objets achetés par ma mère pour mon admission à l'université et mon déménagement, je l'avais sortie quelques jours plus tôt. La veste réversible, les gants en cuir, la lampe torche, le revolver : ces quatre objets me rappelaient continuellement que j'étais un criminel. Par moment, ça me réjouissait, me dégoûtait à d'autres. Mais ces fluctuations de mon humeur, cette conscience volatile qui se laissait influencer par de vagues raisons, m'importaient peu. C'était juste le processus par lequel il me fallait passer, l'important était de réussir.

To m'a téléphoné pour me demander d'aller chez elle, j'ai accepté. En réalité, j'avais envie de refuser, mais j'ai répondu oui machinalement. J'ai pris une douche, fumé deux cigarettes et je me suis préparé.

Dehors, j'ai ressenti une sorte de léger vertige, je ne sais pas pourquoi. Après avoir marché un moment, j'ai réalisé que je gardais le regard fixé sur l'extrémité d'un poteau électrique au loin. J'ai pris une bouffée de tabac et jeté ma cigarette par terre, puis j'en ai allumé une autre. Plusieurs personnes qui arrivaient en sens inverse m'ont regardé d'un air méfiant répéter ce manège. Un vélo a surgi brutalement, j'ai failli m'écrouler par terre. Incompréhensiblement déboussolé par la surprise, j'ai été incapable de me concentrer pendant un moment. Souvent, depuis un certain temps, des détails suffisaient à me désarçonner. Je sursautais quand le téléphone sonnait, j'étais terriblement nerveux si on frappait à ma porte. Dans le train, je n'ai pas arrêté de regarder autour de moi. Peut-être que je ne faisais pas exprès, ou alors je cherchais vraiment à m'assurer de quelque chose. Tout en contemplant la fenêtre devant moi, j'ai attendu stoïquement que soit annoncé le nom de la gare à laquelle je devais descendre, tendu comme si je redoutais quelque chose.

Je suis entré chez la fille et je l'ai renversée sur le lit. Je ne sais pas pourquoi, elle a ri et m'a dit d'attendre un peu. Mais ça m'était égal. Je pouvais aussi bien patienter qu'agir immédiatement. J'avais soif et au bout d'un moment, j'ai ouvert le frigo et bu du coca qu'il y avait à l'intérieur. Après m'être servi sans rien demander, je me suis dit que j'avais mal agi et je me suis excusé auprès de la fille. Elle m'a répondu quelque chose du genre, ça ne fait rien, mais je n'ai pas bien entendu. Puis elle m'a demandé, d'un air plutôt grave, il t'est arrivé quelque chose ? Sa question m'a confusément irrité. Puis j'ai eu envie de baiser, je l'ai avidement renversée sur le lit, je l'ai déshabillée et j'ai laissé courir mes lèvres sur son corps. La fille a ri, elle a dit, j'ai pas le choix, et elle s'est laissé faire. Ou plutôt, c'est moi qui me laissais faire. En cours de route, j'ai réfléchi. A quoi, je l'avais oublié lorsque je m'en suis rendu compte. A ce moment-là, j'étais en train de branler la fille, les doigts dans son sexe. J'ignore combien de temps s'était écoulé, je regardais son sexe, la tête ailleurs, et mes doigts remuaient sans que j'y pense. La fille a gémi, son corps a tressauté à plusieurs reprises. J'y suis allé plus fort, elle a gémi douloureusement, je me suis dit que les voisins devaient l'entendre. Le corps secoué de légers spasmes, elle a fini par dire, arrête. Ça m'était égal, mais j'ai bloqué son buste et ses jambes, je l'ai immobilisée et j'ai continué frénétiquement à agiter mes doigts à l'intérieur d'elle. Elle répétait arrête, arrête, sa voix aiguë et éraillée m'a rappelé celle du chat noir de l'autre jour. Je n'ai pas lâché prise, mais la fille a fini par se débattre et elle m'a éjecté. J'étais étonné mais, quelque part, sa réaction me semblait logique. Le souffle court, trempée de sueur, elle m'a traité de tordu. Ce mot a pénétré en moi sans résistance, comme si on me définissait pour la première fois, c'était débile, mais c'est le sentiment que j'ai eu. C'était grotesque quelque part, ça m'a fait un peu rire. Et puis je suis parti.

J'ai marché dans le quartier de la préfecture limitrophe où j'avais décidé d'utiliser l'arme, j'ai étudié les lieux sous des angles variés. Devant le supermarché en question passait une large route parsemée de cafés et de restaurants et il y avait une supérette, c'était trop exposé pour agir. En suivant le trajet qu'empruntait souvent la fille, j'ai cherché un endroit relativement abrité des regards où je pourrais me cacher. En chemin, j'en ai eu assez et, quasiment sur un coup de tête, j'ai pensé me rendre directement chez elle et l'abattre comme ça, mais je ne l'ai pas fait. Je n'arrêtais pas de fumer en marchant, il n'y avait qu'un seul endroit possible, je le voyais bien. C'était le site d'un ancien restaurant. Le bâtiment était abandonné mais encore debout et des travaux allaient sans doute commencer, des échafaudages recouverts d'une bâche d'un blanc sale ne laissaient voir que le toit en haut. La fille passait souvent par là. Lorsque je tirerais, personne ne me verrait, et pour m'enfuir aussi, si je partais du côté opposé de la rue par laquelle elle était arrivée, le long du bâtiment, il me semblait que cela irait. J'ai regardé le panneau du permis de construire pour vérifier que l'endroit était bien rattaché à la préfecture de Saitama, et non à Tokyo. La date de début des

travaux était pour dans cinq jours. Cela m'a forte-
ment ébranlé, à l'instant où j'ai fait ce constat une
douleur sourde et oppressante m'a vrillé le cœur.
Je n'ai donc pas de temps devant moi, me suis-je
dit. Mes jambes flageolaient, j'étais en sueur.
C'était entre vingt et vingt et une heures que la
fille passait par ici, faisait-on aussi des travaux
dans l'obscurité ? J'ai envisagé un instant la question. Mais c'était tout vu, une fois les travaux
commencés, la probabilité que quelqu'un soit là à
n'importe quelle heure n'était plus nulle. Le
détail des opérations n'était évidemment pas
indiqué et se renseigner présentait un danger. Ce
qui figurait sur le panneau blanc, c'était le nom
de l'agence immobilière responsable du projet,
un nom de personne, des chiffres qui ne me
disaient rien et quelques mots indiquant qu'il
s'agissait de la construction d'un immeuble résidentiel. J'étais secoué, mais il ne me restait plus
qu'à agir. Vu la limite de cinq jours, je n'avais
plus devant moi que le mardi, dans quatre jours,
sans jeudi entre-temps. J'ai pensé que mardi
prochain j'allais tuer quelqu'un, et j'ai tenté de
réfléchir à la raison pour laquelle je devais le
faire, mais mon esprit fatiguait et j'ai préféré
abandonner. J'ai décidé de m'atteler d'abord aux
préparatifs.

Si cette fille meurt, ai-je pensé. Cela m'importait peu, mais l'enfant pourrait alors vivre normalement. Puisqu'il ne semblait pas avoir de père, il

serait pris en charge par de la famille, ou placé en institution, mais dans un cas comme dans l'autre, ce serait mieux que de continuer à être battu par cette fille à moitié cinglée. Comme cela avait été le cas pour moi, lui aussi pourrait mener une vie normale. Il arrêterait alors d'arracher les pinces des écrevisses et il pourrait se laver correctement. Son strabisme serait certainement corrigé et il n'aurait plus à être témoin de scènes à caractère sexuel qui ne convenaient pas à un enfant. En pensant à tout cela, comme pour justifier mon acte, un sourire forcé m'est monté aux lèvres.

15

Keisuke est venu me rendre visite avec Nakanishi. Mais ils sont repartis après avoir discuté quelques minutes. J'ai parlé normalement, et eux aussi, mais ils devaient aller bosser et ils ont filé sans s'attarder. Ça m'a un peu chiffonné mais comme j'avais envie d'être seul, j'ai trouvé que ça tombait bien. Il m'a semblé que Keisuke essayait de me dire quelque chose, je me fais peut-être des idées, mais c'est l'impression que j'ai eue. Il est resté souriant tout le temps et à la fin il m'a dit, on prend un verre ensemble bientôt.

J'ai sorti le revolver, que j'ai méticuleusement astiqué. Quand je le regarde, il m'arrive maintenant d'avoir peur. C'est pour ça que lorsque j'ai reçu un appel de Yûko, j'ai été désemparé. Elle m'a demandé de la retrouver au café de la gare. Je me suis donc immédiatement rendu à ce café. Je marchais en regardant sans cesse autour de moi, comme si je cherchais quelque chose, et en cours de route, je ne sais pas pourquoi, j'ai eu la nausée. J'ai décidé que c'était parce que j'avais trop fumé. Au café, il y avait Yûko, elle buvait du thé. Quand elle m'a vu, elle m'a demandé, qu'est-ce qui t'arrive ? J'ai pensé que j'avais l'air fatigué et j'ai répondu, rien de spécial. Pendant un moment, elle m'a regardé en silence.

A la table d'à côté était assis un jeune couple, la fille faisait la conversation toute seule. La veille, alors qu'elle papotait jusque tard dans la nuit avec des amies au Denny's, elle avait rencontré un copain avec qui elle était au collège, elle avait été super contente de le revoir. Il travaillait tous les samedis comme DJ dans une boîte de nuit d'Ikebukuro, et puisque aujourd'hui c'était samedi, elle insistait auprès du garçon pour qu'ils y aillent ensemble. Lui répondait vaguement, regardait la serveuse aux cheveux décolorés et en minijupe qui passait, elle est venue prendre ma commande. Je lui ai demandé un café, j'ai allumé une cigarette et j'ai regardé Yûko face à moi. Le garçon d'à côté a dit, il ment, c'est pour se faire mousser, et ça a énervé la fille. Elle a répété, mais non, il était à New York et il est rentré au Japon parce qu'il y a eu les attentats.

— Ecoute, j'aimerais bien que tu me parles franchement, a lâché Yûko en me regardant droit dans les yeux. Ecoute... Tu te paies ma tronche, c'est ça ? J'y crois pas, que tu te conduises comme ça. Vraiment, tu te fous de moi ou quoi ? Si c'est le cas, dis-le. Tu vas me donner des explications ? Moi, je suis du genre à préférer que les choses soient claires.

Les yeux plantés dans les miens, elle a continué :

— C'est vrai quoi, c'est dégueulasse ce que tu fais. Dis, tu m'écoutes ? Tu n'as rien à me dire ? Je sais pas moi, que tu ne m'aimes plus, ou que tu ne voulais pas, n'importe quoi.

Je ne sais pas pourquoi, sur une pulsion, j'ai eu envie de lui dire ce que je m'apprêtais à faire. C'était idiot, mais si j'avais eu le revolver, j'aurais voulu le poser sur la table, là, tout de suite. Mais même si je m'en ouvrais à elle, elle ne comprendrait pas, et d'ailleurs, je ne me l'expliquais pas bien moi-même. Et puis, si jamais je lui en parlais, elle penserait sans doute que j'étais fou, elle essayerait de m'en dissuader et si je ne cédais pas, elle me dénoncerait à la police. Ce serait plutôt malencontreux pour moi. Pourquoi, je ne savais plus trop, mais ce serait malencontreux. Ensuite, j'ai pensé que j'étais peut-être vraiment fou. A cet instant, cela ne m'était pas arrivé depuis des années, mais, pour une raison obscure, j'ai eu envie de fondre en larmes, ça m'a pris d'un coup, j'avais le souffle coupé. Mais je n'allais pas pleurer ici. Ce que j'ai fait, c'est simplement de dire à Yûko, c'est trois fois rien. Mais qu'est-ce qui était trois fois rien ? Je ne le savais pas trop moi-même.

— Ecoute, Nishikawa, a-t-elle dit. Il m'a fallu un temps pour saisir que c'était mon nom. Tu es bizarre. Très bizarre. Je ne comprends pas ce que tu as dans la tête. Qu'est-ce qui t'arrive ? En fait, tu es comme ça depuis le début et ça m'inquiète, t'es louche. Qu'est-ce que tu as ? Qu'est-ce qui t'est arrivé ? C'est quand même pas... Allez, réponds-moi.

— Tu ne comprends pas ce que j'ai dans la tête ? ai-je dit.

— Non, je ne comprends pas.

— Qu'est-ce que ça peut bien faire ?

— Quoi ? Je ne t'entends pas.

— Eh bien, on s'en fout, non ? Je te dis qu'on s'en fout. On se fout de tout, non ? C'est ça, on se fout de tout, c'est clair, non ? Je sais pas moi, vraiment, j'y comprends rien, que je meure, que tu meures, que mon père meure, que quelqu'un meure, ou ne meure pas, on s'en fout. Rien n'a d'importance. Rien, nulle part. Des choses importantes, ça n'existe pas. Je sais pas, moi, laisse tomber. Bref, moi, ouais, moi, tiens, par exemple, même si je fais quelque chose là, par exemple, cette table, cette table...

Soudain, j'ai eu honte. Je ne sais pas de quoi, mais je ne pouvais plus rester là, ou plutôt, j'avais envie de ne plus pouvoir rester, je ne sais pas bien, en tout cas je voulais partir et je me suis levé. J'ai posé un billet de mille yens près de la caisse, j'ai remercié la serveuse et je suis parti.

Pendant que je marchais, mon téléphone a sonné, c'était Yûko. L'idée m'est venue de balancer mon portable, je l'ai jeté en direction du caniveau. Avec un petit bruit léger, le téléphone a glissé sur l'asphalte et il est tombé dans une bouche d'égout. J'ai voulu allumer une cigarette, mais je me suis rendu compte que j'avais laissé mon paquet au café. Pour me calmer, j'ai fait exprès de parler un peu fort.

16

Les deux jours sont passés en un éclair. Pendant tout ce temps, je ne suis parvenu ni à me préparer, ni à me décider. Durant deux jours, j'ai principalement regardé la télévision. C'est étrange, mais pendant tout ce temps, je n'ai pas une fois regardé le revolver. Depuis que je l'avais trouvé, je n'avais pas passé un seul jour sans le contempler. Que deux journées s'écoulent ainsi c'était, comment dire, vraiment exceptionnel. On a sonné à plusieurs reprises à la porte, mais je n'ai pas répondu.

Le mardi, j'ai dormi jusqu'en fin d'après-midi, et quand je me suis réveillé, j'ai pris une profonde inspiration. J'avais vu ça à la télévision, dans une série ou un film, je ne sais plus ; dans cette scène, l'homme qui avait à tuer quelqu'un dans la journée prenait une profonde inspiration en se réveillant, je m'en étais souvenu. Je l'ai fait deux fois, puis je me suis brossé les dents avec plus de soin que d'habitude. Cela n'avait aucun sens, mais j'ai continué à me brosser les dents pendant une demi-heure environ. J'ai allumé la télévision, écouté de la musique, et au bout d'un moment, il était plus de dix-neuf heures. Il faisait sombre dehors et à la télévision c'était le journal de dix-neuf heures. Je me suis dit, ça y est, il est sept heures. J'ai ouvert la sacoche, fourré l'arme telle quelle dans ma poche et enfilé la veste noire réversible. J'ai répété plusieurs fois à voix haute : « Pour résumer, il suffit de la tuer. »

Il faisait froid dehors, cela m'a fait une impression désagréable. En cours de route, j'ai réalisé que j'avais mis l'arme dans la poche de mon jean, je l'ai remise dans ma veste. Je l'ai fait en marchant normalement. Ce n'est qu'après que j'ai vu qu'il n'y avait personne autour de moi. Mais cela me semblait sans importance, j'ai même pensé avancer avec l'arme à la main. Mais je l'ai tout de même laissée dans ma poche.

Le froid me frigorifiait les mains. Pour me protéger, je les ai enfouies dans les poches de ma veste, où elles se sont réchauffées. Je me suis dit que j'aurais dû mettre des gants et je me suis rappelé que j'avais acheté des gants en cuir exprès pour aujourd'hui. Puis j'ai réalisé que j'avais aussi oublié la lampe torche. Ça m'a énervé, j'ai songé à retourner les chercher, mais je n'en avais pas le courage. J'ignore pourquoi, mais rentrer me demandait du courage. J'ai poursuivi mon chemin vers le chantier pour lequel je m'étais décidé. Ce chantier était terriblement proche. Cela m'a surpris, j'ai soudain ressenti une sorte de tristesse, j'ai eu envie d'adresser la parole à quelqu'un, impulsivement. Les yeux sur la vaste bâche blanche, j'ai compris que j'avais peur du bâtiment lui-même. En faisant en sorte de le regarder le moins possible, pas à pas, je me suis approché.

J'ai gagné le parking et, de là, j'ai tenté de pénétrer dans l'espace recouvert de blanc. Mais la bâche était partout fixée à des poteaux en fer par des liens, je ne voyais pas d'ouverture par où me glisser. Ces fines attaches en nylon paraissaient vouloir me repousser catégoriquement, avec fermeté. Mais, bien entendu, c'était une illusion. J'ai regardé autour de moi pour vérifier qu'il n'y avait personne et j'ai brûlé un lien avec mon briquet. Le champ orange de la flamme qui se détachait dans l'obscurité a éveillé en moi un sentiment de nostalgie. La flamme des bougies sur un gâteau s'est présentée à mon esprit, c'était peut-être cela que je me rappelais. Le lien s'est tortillé et effiloché, comme fondu. J'ai répété l'opération trois fois, puis j'ai soulevé la bâche et je me suis glissé à l'intérieur par cet interstice. Dedans, le bâtiment était intact et, en l'absence d'éclairage, il avait quelque chose d'effrayant. Le restaurant était grand, imposant, je me suis senti terriblement petit. Je me suis assis sur les marches de l'entrée et j'ai allumé une cigarette. Il allait bientôt être vingt heures.

A travers l'étroite fente entre les poteaux métalliques et la bâche, j'ai regardé dehors, à la recherche du meilleur emplacement. Au terme de multiples déplacements, il m'a semblé que la partie centrale, face au passage piéton, était idéale. De là, le passage piéton s'étendait en ligne droite et je voyais de face le visage des gens qui traversaient. Ce passage piéton, la fille l'empruntait souvent à cette heure-là. Ou plutôt, la plupart des gens qui prenaient ce chemin l'utilisaient. Si la fille venait d'en face, je pourrais mettre à profit le moment où elle traverserait pour m'assurer que je ne me trompais pas de personne. Lorsqu'elle aurait fini de traverser, au moment exact où elle atteindrait ce côté-ci de la rue, moins de deux mètres nous sépareraient. En épiant par la fente, j'ai attendu qu'elle arrive. L'arme à la main, prêt à l'accueillir, je suis resté tapi.

Cependant, à cet instant, j'ai songé à une chose importante. C'était que la fille ne prendrait pas forcément ce chemin à l'heure dite. Elle passait souvent par ici, mais pas obligatoirement. Je m'en avisais maintenant pour la première fois, à mon grand étonnement. Et surtout, je me compliquais la vie. Il me fallait simplement tuer la fille, je pouvais très bien le faire sans me cacher dans cet endroit. Qu'est-ce que je fabriquais ici ? J'y ai de nouveau réfléchi. Il me semblait qu'il y avait un motif plausible à faire feu d'ici mais je n'arrivais plus à me le rappeler. J'en ai eu ras le bol, soudain, j'ai eu envie de rentrer chez moi. J'attendrais le retour de la fille, je sonnerais chez elle et je l'abattrais quand elle ouvrirait la porte. Ainsi, j'aurais plus de chances de réussir et, surtout, cela me semblait plus simple. C'est ce que je ferai si elle ne vient pas, ai-je décidé. Il était un peu après vingt heures.

J'ai réalisé que je regardais par terre. Sans raison particulière, je regardais fixement l'herbe qui poussait sur le sol. Je me suis demandé pourquoi je regardais l'herbe et j'ai compris que cela n'avait aucun sens. J'ai eu envie de me réchauffer. Il faisait très froid. Une scène d'une série télévisée vue la veille, dans laquelle un homme se faisait tabasser, m'a traversé l'esprit, puis l'image du faîte d'un poteau électrique, que j'avais vu un jour, m'est vaguement revenue. L'herbe n'avait rien d'extraordinaire. En la regardant, j'ai dit à voix haute, elle n'a rien d'extraordinaire, cette herbe. Et puis j'ai pensé qu'il faisait très froid et que j'avais envie de me réchauffer. J'ai pensé que j'allais tuer quelqu'un, mais cela me paraissait très loin de moi, l'affaire d'une personne qui m'était inconnue. Tuer quelqu'un, on aurait dit que ces mots ne s'étaient pas formés dans mon esprit, c'était comme s'ils étaient déjà là, à l'affût, et remontaient à ma conscience par intermittence. Rien n'avait changé, je continuais à regarder l'herbe. Ce n'est pas que je voulais vraiment la regarder, mais pour en détourner les yeux, comment dire, il m'aurait fallu du courage. Je vais tuer quelqu'un, je vais tuer quelqu'un, je répétais ces mots à voix haute, comme une sorte de formule magique. L'arme me semblait lourde, j'ai mollement abaissé mon bras droit qui la soutenait. Je me suis ainsi détendu, mais l'arme continuait quand même à affirmer son poids. Je vais tuer quelqu'un, le son de ces mots semblait obscurément me vider l'esprit, c'est l'impression que j'avais.

C'est après, à l'instant où mon regard s'est de nouveau tourné vers la bâche, que j'ai vu la silhouette de la fille au loin. Elle avançait dans la rue en face et elle s'est arrêtée précisément au passage piéton où j'attendais. Le feu piéton était rouge, quand il passera au vert, elle traversera, ai-je pensé. Et elle s'approchera lentement de l'endroit où je suis caché. A cette idée, j'ai été pris d'un spasme brutal, comme si mon corps se rétractait à l'intérieur. En un clin d'œil, cette convulsion a convergé de tout mon corps vers le cœur et s'est transformée en une douleur fulgurante qui m'a pris aux tripes. J'étouffais, comme si je ne pouvais plus respirer, et je me suis affaissé. J'ai réalisé que j'essayais de respirer avec la gorge serrée et, pour la première fois je me suis rendu compte que pour respirer, il fallait que l'air puisse passer. J'ai desserré l'étau sur ma gorge et pris une inspiration. En le faisant, j'ai pensé que je devais avoir l'air stupide. Je tremblais, je ne sais pas, je n'étais plus lucide, incapable de me concentrer. J'ai rassemblé les parcelles de ma lucidité disparue, ou plutôt, en mettant à contribution le peu de lucidité qui me restait, j'ai pensé à l'acte que j'allais accomplir et j'ai décidé de commencer par positionner le revolver. En prenant garde à ce que le canon ne dépasse pas à l'extérieur, je l'ai pointé par l'étroite fente. Je me suis concentré sur ce que je faisais. Mais j'entendais un bruit très fort qui résonnait en moi. Il m'a fallu du temps pour comprendre que c'était le bruit de mon cœur qui battait douloureusement. Parce que c'était trop fort pour des battements de cœur, c'était un bruit étrange, mécanique. A l'instant où j'espérais que le feu ne changerait jamais de couleur, il est passé au vert. La fille, l'air vaguement déprimé, a commencé à traverser lentement au passage piéton, petit à petit, elle s'est rapprochée. Elle portait un survêtement rouge un peu trop grand, elle a passé la main dans ses cheveux teints en châtain. J'ai pensé que dans quelques secondes, elle allait mourir. Puis j'ai reporté mon attention sur le revolver, j'ai abaissé le chien. Le claquement métallique a retenti fort dans ma tête, comme quelque chose de froid et de tranchant. De la main gauche, j'ai tenté de stabiliser les tremblements de ma main droite, j'ai fermement saisi mon poignet qui tressaillait. Mais ma main gauche tressautait elle aussi, j'étais bien embêté. Mon cœur produisait un son étouffé, comme si des particules métalliques s'étaient mêlées à mon sang, c'était l'impression que ça me donnait, le bruit se répétait à toute vitesse, m'oppressait. Des gouttes de sueur comme des billes couvraient mes mains dont le tremblement ne cessait pas. Je me suis répété de ne penser à rien. Tout ce que j'avais à faire, c'était d'appuyer sur la détente, ce qui se passerait ensuite, je pourrais y penser après, me répétais-je. La fille était sur le point d'achever la traversée du passage piéton, elle se trouvait à moins de trois mètres de moi. A cette distance, je pouvais tirer, cette vérité s'est fichée dans mon esprit comme une décharge électrique. Le choc était puissant, une sorte de liquide brûlant a pénétré à l'intérieur de mon crâne, s'est répandu dans un clapotement. Un trou s'est formé dans ma tête. Comme de la peinture projetée sur une toile, ce noir a absorbé les fragments qui habitaient mon crâne. Il me semblait voir de mes yeux les traces qu'il laissait dans mon esprit. Et au milieu de tout cela, je continuais à penser, appuie sur la détente, appuie. La fille s'est soudain arrêtée, elle a poussé un soupir et a fait mine de revenir sur ses pas. Je l'ai regardée faire, je n'arrivais pas bien à saisir la situation. Je me suis dit que je pouvais tirer, mais j'avais l'impression de me trouver ailleurs et, en moi, quelque chose s'est de nouveau contracté avec force. La fille, voyant que le feu était repassé au rouge, a renoncé à finir de traverser, elle a fait demi-tour et s'est arrêtée juste sous mes yeux, de dos. Elle se tenait à moins de deux mètres. J'ai compris qu'elle attendait que le feu change à nouveau, et je me suis senti sombrer dans une sorte de désespoir devant le peu de distance qui nous séparait et le laps de temps qui s'offrait à moi pour tirer. A ce moment-là, j'ai pensé que j'étais tout près. Tout près de la réalité du meurtre, et aussi, tout près de ce qui vient après. Ce que j'ai alors ressenti, c'est une peur dense, de nature à bouleverser mon existence. Il me semblait que par-delà cette peur s'étendait un espace incomparablement plus vaste que mon corps, aux limites invisibles, sombre et insondable. A l'intérieur, j'éprouvais une solitude écrasante. J'ai pensé que j'allais devenir quelqu'un qui avait tué, quelqu'un qui garderait cette sensation en mémoire jusqu'à sa mort. Les gens qui m'avaient apprécié jusqu'alors, leurs sollicitations que j'avais dédaignées, n'atteindraient pas cet espace, que je le veuille ou non. Mais l'arme voulait que je tire. L'arme était tout mon être. Sans elle, j'étais insignifiant, elle m'inspirait un amour violent. Mais elle n'éprouvait que froideur pour moi. Que je sois progressivement submergé par cette noirceur ne semblait pas l'intéresser, j'étais au bord de la folie. Alors, j'ai pensé que je n'utilisais pas l'arme. C'était elle qui m'utilisait, j'étais un simple élément de son dispositif de mise en marche. Je me suis senti triste et j'ai pensé que tout au long j'avais été sous l'influence de l'arme. J'avais été influencé par une chose fabriquée par l'homme, je lui avais sacrifié ma vie – même si je n'y accordais guère d'importance – et mon quotidien. J'ai regardé le paysage qui s'étendait autour de la fille. J'ai vu un feu de signalisation délabré, l'asphalte, des bâtiments, des gens dont j'ignorais qui ils étaient. Mais j'ai ressenti une soif inextinguible pour ces petits éclats de vie, ces heures quelconques vécues jusqu'alors. Cette soif a follement enflé, hors de contrôle de ma volonté, et m'a englouti. Mais, pour une raison obscure, ne pas tirer me semblait lâche. Ça n'avait pas de sens, mais c'était ce que je pensais. J'allais la tuer, et alors ? Il me semblait que cela ne laisserait pas de traces dans ma vie. Depuis les débuts de l'humanité, des centaines de millions de personnes avaient été tuées, directement ou indirectement. La pauvreté aussi tuait, tout comme la bombe atomique, c'était clair, tout le monde pouvait en juger. Mais j'étais incapable d'appuyer sur la détente. Je me suis senti perdre connaissance, mon champ de vision s'est brouillé, je me suis aperçu que j'avais laissé tomber l'arme. Je n'avais pas conscience d'avoir bougé, mais l'arme reposait bien sur le sol de terre battue, loin de moi. Je suis resté un moment assis par terre, vidé de mes forces. Puis je me suis dit que je ne pouvais plus vivre avec l'arme. Cette pensée s'est insinuée en moi sans résistance, c'en était même surprenant. C'était pourtant une douleur qui jaillissait en moi, telle que je n'en avais jamais connu. Pendant un long moment, j'ai pleuré bruyamment. Des sanglots étranges, mélange de soulagement et de tristesse. Mes larmes ne cessaient plus, j'ai pleuré sans fin, assis par terre. Et en contemplant le revolver qui gisait au loin, j'ai confusément pensé à mon père qui allait bientôt mourir.

J'ai allumé une cigarette et j'ai inspiré à fond. La fumée s'est coulée dans ma gorge haletante, j'ai toussé. Après, j'ai pensé que la fille, la jeune femme sur laquelle j'avais fait une fixation et que j'avais voulu tuer, s'était sûrement enfuie en m'abandonnant, comme autrefois.

17

Mon quotidien a peu à peu changé. C'est étrange, mais j'en suis venu à apprécier ma propre existence. Lorsque je regardais quelque chose, je pensais au fait que je le regardais, quand je marchais, je pensais au fait que je marchais. Je prenais plaisir à des détails et si, comme le disait Keisuke, j'étais de meilleure compagnie qu'avant, c'est que j'avais perdu mon intérêt pour les filles. Je pensais souvent aux gènes de mon père que je portais en moi, mais cela me paraissait maintenant sans importance. Je ne savais pas bien ce qu'étaient les gènes, mais il me semblait qu'en fonction de ce qu'on en faisait, ils pouvaient évoluer à l'infini. Je faisais beaucoup d'exercice, je me donnais à fond à la salle de sport. J'allais à l'université et je travaillais à mon mémoire pour obtenir mon diplôme. Mais je n'avais pas pour autant trouvé un sens à la vie. Moi aussi je savais que la vie n'avait pas de sens.

Mais, comment dire, tant que j'existais, j'avais envie d'en profiter. Dans le cadre de cette existence, certes minuscule, mais qui était la mienne, j'avais décidé de vivre jusqu'à mon dernier jour.

Mais j'avais une chose à faire. Jeter l'arme. Pour conserver mon état d'esprit actuel, il me fallait m'en débarrasser. Cependant, pour moi, c'était encore une déchirure. J'aimais toujours l'arme, et évacuer cet amour prendrait du temps, je le sentais. A force d'y réfléchir, je trouverais peut-être une solution qui m'éviterait de m'en débarrasser, mais le mieux était certainement de la jeter sans trop se poser de questions. Je tentais de me satisfaire de mon humeur actuelle et, pour ce faire, je ne pouvais pas garder l'arme avec moi. Peut-être à cause des sentiments qui m'animaient encore, j'étais incapable de la démantibuler, mais j'ai décidé de l'abandonner loin de chez moi.

J'ai enfilé mes gants en cuir et, au cas où, j'ai effacé les empreintes que j'avais laissées sur l'arme. Je pensais la jeter dans l'eau afin que personne ne puisse s'en servir, alors les empreintes n'avaient peut-être aucune importance, mais je l'ai fait quand même. J'irais dans la montagne où j'avais pensé faire des repérages pour tirer, et je la lancerais dans un étang ou un torrent. Il n'y avait pas de raison profonde à ce choix, mais c'était ce que je voulais. Ou peut-être souhaitais-je rester le plus longtemps possible en sa compagnie.

Au moment de partir, j'ai ôté une des balles du barillet. Je pensais la garder, comme une sorte de porte-bonheur. Elle luisait d'une couleur dorée, elle était vraiment belle. Je l'ai soigneusement glissée dans la poche de mon jean, avec l'idée d'acheter plus tard un sachet à amulette pour la conserver. Puis j'ai rangé l'arme dans la pochette en cuir. Je pensais que le mieux serait de la jeter avec la pochette.

Je suis sorti et j'ai senti les rayons du soleil sur moi. La chaude lumière dorée m'a enveloppé, réchauffant tout mon corps. J'ai allumé une cigarette et je me suis mis en route en goûtant le soleil de tous mes pores. La sensation n'était pas déplaisante. J'ai pensé qu'un peu plus tard, la lumière virerait à l'orange. J'ai pensé à Yûko, ça m'a rendu nostalgique. L'idée m'est venue de tout lui raconter. Je ne saurais sans doute pas bien lui expliquer, mais si possible, j'aimerais me remettre avec elle. Un peu plus tôt, j'avais vaguement regardé une série télévisée à l'eau de rose, ça m'influençait peut-être.

Dans le train, je me suis assis tout au bout d'une rangée. Les rayons du soleil entraient par la fenêtre en faisant naître de belles couleurs, comme s'ils se réfractaient sur la vitre. J'ai pensé à Yûko, je me suis senti de meilleure humeur. Je contemplais chaque immeuble, chaque rue visible par la fenêtre. L'arme, dans la poche de ma veste, me semblait affirmer nettement son existence. Elle était bien présente. Et dans quelques minutes, elle reposerait quelque part au fond de l'eau.

A cet instant, j'ai éprouvé un certain chagrin pour elle. Puisque c'était un objet, on ne pouvait pas dire que mon sentiment était pertinent, mais j'éprouvais quelque chose proche de la compassion pour cet instrument fabriqué dans l'unique but de tuer. Si son destin était de tuer des humains, comment dire, elle ne l'avait pas choisi, me semblait-il. Soudain, une vive tristesse m'a envahi. Et j'ai pensé que pour que ce sentiment me quitte complètement, beaucoup de temps serait nécessaire. Mais j'allais me séparer de l'arme, c'était un fait acquis en moi. Je ne devais pas y penser.

Avec l'heure qui tournait, le train s'est rempli, j'ai dû me serrer dans le coin où j'étais. A côté de moi, un homme dans la cinquantaine, répugnant, mal habillé, était assis les jambes largement écartées, et du coup, j'étais encore plus à l'étroit. J'ai rongé mon frein un moment en essayant de penser à quelque chose d'agréable. La première image qui m'est venue à l'esprit, c'est celle de Yûko. Son visage devant mes yeux était beau, j'avais envie de discuter avec elle. Ensuite, j'ai vu l'arme. L'arme d'un gris argenté profond, si perfectionnée, et qui m'appartenait encore. Après, mon esprit s'est engourdi, malheureusement. Un téléphone portable a sonné, c'était celui de mon voisin. Il parlait bruyamment, je ne sais pas ce qui le réjouissait tant, il riait tout seul. Ça m'a mis les nerfs à vif. Je l'ai regardé et j'ai continué à le fixer jusqu'à ce qu'il s'en aperçoive. Au bout d'un moment, il a compris, mais il a eu un petit rire méprisant, sans m'accorder plus d'attention. J'ai décidé qu'il était un rebut du genre humain. Tout en parlant au téléphone, il mâchait un chewing-gum. Ce bruit de mastication me rendait fou. L'idée m'a traversé l'esprit de saisir son téléphone et de le balancer au loin, et je l'ai fait. Eberlué, il a tourné le visage dans ma direction. Je trouvais ça très drôle. Je lui ai ordonné de descendre parce qu'il m'énervait. Pendant que je lui parlais, j'avais l'esprit embrumé, par instants, je ne comprenais plus la situation. L'homme a lancé, qu'est-ce que tu fabriques ? et il m'a dit, ramasse. J'ai eu une idée, j'ai sorti le revolver de sa pochette en cuir et j'ai attrapé le type par les cheveux. Ensuite, j'ai fourré le canon dans sa bouche restée ouverte de surprise et je lui ai dit, je vais te tuer. Je pensais que ce serait une menace efficace, et si un passager appelait la police, je dirais que je l'avais juste menacé avec une arme factice. Les voyageurs ont poussé des cris et tenté de s'écarter. L'homme pantelait, les yeux écarquillés. Ses halètements répandaient sa mauvaise haleine, l'odeur sucrée du chewing-gum mêlée à celle de l'alcool m'a soulevé le cœur. Ses cheveux gras collaient à ma main, j'ai senti un frisson de dégoût convulsif me traverser. La bouche de l'homme remuait avec le revolver à l'intérieur, je lui ai demandé ce qu'il disait, il a balbutié, c'est quand même pas un vrai ? Après, j'ai agi très vite. J'ai abaissé le chien et je lui ai dit, on va voir. J'ai pensé que je me comportais exactement comme au cinéma. Comme si je me regardais de loin, j'ai laissé mon corps me guider. J'ai appuyé sur la détente et j'ai entendu un bruit assourdissant. Une myriade de gouttelettes rouges a fusé, tachant le costume gris d'un passager à côté. Le silence s'est installé, je ne comprenais pas ce qui s'était passé. La nuque de l'homme a cessé d'offrir de la résistance et, avec une mollesse désagréable, elle s'est affaissée à un angle bizarre. Peut-être de derrière sa tête, un torrent de liquide rouge continuait à jaillir comme une fontaine, arrosant la voiture jusque dans ses moindres recoins. La chair et le liquide rouge qui avaient giclé me donnaient l'impression de me trouver dans un autre monde. J'ai entendu un cri de femme et quand j'ai vu que les gens essayaient de s'enfuir en se bousculant, j'ai compris que j'avais fait feu. J'ai murmuré, non, c'est pas possible. J'ai répété, non, c'est pas arrivé. Tout ce que je savais, c'est que *j'aurais pu ne pas tirer*. J'aurais pu ne pas tirer, je n'avais pas besoin de le faire. Un autre futur aurait pu exister. J'ai eu l'impression que mon corps chutait, j'ai voulu me raccrocher à quelque chose, impulsivement. Il faisait sombre, j'ai regardé autour de moi pour chercher de l'aide, mais les autres, épouvantés, étaient déjà différents de moi. Un spasme a parcouru mon corps, je me suis rendu compte que ma mâchoire claquait violemment sans s'arrêter. Mon champ de vision s'était rétréci, il fallait que je m'accroche à quelque chose, j'ai saisi la barre métallique devant moi. Mais elle était gluante et ma main s'est teintée de rouge. Je voulais mettre un terme à cette scène. Pour couper court à la situation, je ne voyais pas d'autre solution que de me tirer une balle dans la tête. Je devais le faire tout de suite. Si je n'agissais pas rapidement, mon corps allait sûrement se rompre, se briser sous l'effet d'une terreur inédite. Ce pressentiment, déjà devenu âpre réalité, envahissait mon corps. Je voulais tirer, mais il n'y avait plus de balles dans le revolver. J'ai rassemblé mes esprits, je me suis rappelé où était la dernière balle et j'ai fouillé dans la poche de mon jean. De mes doigts tremblants, j'en ai extirpé tant bien que mal la balle. Maintenant il fallait l'insérer dans l'arme. Ma volonté se transmettait difficilement à mes mains, ça m'a pris du temps. Autour de moi, les gens cherchaient à s'éloigner, affolés, ils se ruaient vers le soufflet entre les voitures en se retournant de temps en temps dans ma direction. J'ai ressenti le besoin de répondre à leurs regards et, je ne sais pas pourquoi, je me suis efforcé de sourire. La balle ne se laissait pas faire. Comme une prière, je l'implorais de toute mon âme, rentre vite dans l'arme. J'ai dit à voix haute, comme si je m'adressais à quelqu'un, j'y suis presque. J'ai répété, c'est bizarre, c'est bizarre, cramponné à la minuscule balle entre mes doigts tremblants.

Achevé d'imprimer
sur les presses
de l'imprimerie
Novoprint - Slovaquie

Dépôt légal : février 2015